ADRIANA FALCÃO

O Doido da Garrafa

CRÔNICAS

Texto © Adriana Falcão
Ilustrações © Carlos Araujo

Editora Salamandra: 1.ª edição, 2014.

Coordenação editorial
Lenice Bueno da Silva

Edição de texto
Danilo Belchior

Coordenação de revisão
Elaine Cristina del Nero

Revisão
Andrea Ortiz

Coordenação de edição de arte
Camila Fiorenza

Projeto gráfico
Traço Design

Diagramação
Michele Figueredo

Coordenação de produção editorial
Wilson Aparecido Troque

Impressão
Forma Certa

Lote
747187

Dados Internacionais de Catalogação na Publicação (CIP)
(Câmara Brasileira do Livro, SP, Brasil)

Falcão, Adriana
   O Doido da Garrafa / Adriana Falcão
[ilustrações de Carlos Araujo]. – São Paulo : Salamandra, 2013.

ISBN 978-85-16-09074-6

1. Ficção - Literatura infantojuvenil I.Araujo, Carlos. II. Título.

13-05255   CDD-028.5

Índice para catálogo sistemático:
1. Ficção : Literatura infantojuvenil   028.5
2. Ficção : Literatura juvenil   028.5

Todos os direitos reservados

Editora Moderna Ltda.
Rua Padre Adelino, 758 – Belém – São Paulo / SP
CEP: 03303-904
Tel.: (11) 2790-1300 / Fax: (11) 2790-1501
www.salamandra.com.br
Impresso no Brasil

Para Rodrigo Penna, que entende as minhas palavras até melhor do que eu.

DE AMOR

O grande e o pequeno	9
Quem diria?	13
Um casal perfeito	17
Não pode dar certo	21
Inverno	25
Revelação	29
Um dia de mãe	33
Um dia de pai	37
Verdade ou mentira?	41

DE PENSAMENTOS E DIVAGAÇÕES

Entrada proibida	47
Segunda-feira	51
O resultado	55
Outros olhos	59
Ser humano	63

DE DOIDOS E AFINS

O Doido da Garrafa	69
O homem que só tinha certezas	73
Ramsés Terceiro	77
Garçom!	81
O casal da mesa 9	85

DA CRIAÇÃO

Palavras	91
Brutalidade	95
Que não daria eu por essa ideia	99
Quando o telefone toca	103
Insônia	107

DE CARTAS

A carta	115
Mania de perseguição	119
Requerimento	123

DE AMOR

O grande e o pequeno

Todo caso de amor tem sempre um grande e um pequeno. Alguém um dia falou, em francês, que em todo caso de amor *il y a toujours celui qui aime et celui qui se laisse aimer*. É mais ou menos a mesma coisa. O pequeno ama, o grande se deixa amar. O grande fala, o pequeno ouve. O grande discorda, o pequeno concorda. O pequeno teme, o grande ameaça. O grande se atrasa, o pequeno se antecipa. O grande pede, ou nem precisa pedir, e o pequeno já está fazendo. Não é uma questão de gênero. Existem homens pequenos e homens grandes, mulheres grandes e mulheres pequenas. O temperamento e as circunstâncias influem, mas não determinam. O grande pode ser o mais bem-sucedido dos dois ou não. O pequeno pode ser o mais sensível, mas nem sempre é assim. Muitas vezes o grande é o mais esperto, mas existem pequenos espertíssimos. Depende do caso.

Como ninguém descobriu, até hoje, uma regra que permita determinar qual é o grande e qual é o pequeno, só observando o casal mais atentamente.

Na rua, o que anda distraído quase sempre é o grande.

Quase sempre, no cinema, o grande só decide comprar pipoca depois que os dois já estão acomodados nas poltronas.

O pequeno, então, fica esperando, vigiando, tomando conta para o filme não começar antes de o grande voltar, o que, por algum motivo, seria uma tragédia.

Numa festa, o pequeno deve estar ansioso para que a noite seja boa, principalmente se foi ele que sugeriu o programa. O grande se comportará de maneira indiferente até se deixar embriagar pela música, pela bebida ou pelo ambiente, quando então ficará muito mais animado do que o pequeno. Mesmo que o pequeno dance bem, o grande sempre dançará melhor. O pequeno evita o silêncio porque tem certeza de que a culpa é dele, por isso sempre tem arquivados na cabeça assuntos que possam ser úteis em todas as ocasiões. A calça nova do pequeno dificilmente lhe cai tão bem quanto a do grande, assim como o cabelo do grande está sempre melhor do que o pequeno, ainda que a festa inteira pense exatamente o contrário. O pequeno geralmente se comove com a Lua calado, enquanto o grande aponta, olha só a Lua. No final da festa é sempre o pequeno que quer ir embora, reservando o melhor da sua alegria para o resto da noite, enquanto o grande se despede dos amigos displicentemente.

Mais tarde, o pequeno é macho, é gueixa, é desgraçado, é exclusivo e, se o coração do grande por acaso ouvir seus gritos, que sorte. No dia seguinte o pequeno estará inevitavelmente preocupado: será que eu fiz tudo certo? Acho que eu não devia ter dito aquilo. Por que toda vez sou eu que beijo primeiro? Na dúvida, vai correndo procurar o grande, apesar de ter se prometido que nunca mais faria isso.

O grande e o pequeno podem ser de qualquer espécie, inclusive bichos, com exceção dos gatos, que são todos grandes. Não necessariamente formam um casal. Não é só nas histórias de amor que existem grandes e pequenos. Havendo mais de um, um par qualquer, dois adversários, dois irmãos, dois amigos, sempre haverá o que quer mais e o que quer menos, o fascinante e o fascinado, o generoso e o pedinte.

Mas como tudo pode acontecer, senão nada disso ia ter graça, a qualquer momento, por alguma razão, geralmente à noite, imprevisivelmente, o grande pode ficar pequeno, e o pequeno ficar grande de repente. Basta um vacilo, um acaso, um cair de tarde, um olhar mais assim, um furacão, uma inspiração, uma imprudência.

Quando isso acontece, é comum o pequeno ficar maior ainda, o que torna automaticamente o grande ainda menor. O ex-pequeno, logo que é promovido a grande, pode se vingar do ex-grande, se o seu sofrimento tiver boa memória. Aí, coitado do novo pequeno, vai se arrepender de cada não beijo, cada não telefonema, cada não noite de insônia, cada não desespero, cada não entusiasmo, cada não carinho inesperado, indispensável, inevitável, imprescindível, cada não todas as palavras apaixonadas em qualquer língua do mundo. Ele vai se surpreender com a reviravolta, no começo, mas vai se conformar com sua nova condição de pequeno em seguida. E então vai seguir, cuidadoso e desastrado, na quase inútil intenção de conquistar o grande urgentemente.

Quem diria?

"Não é que eu não goste mais de você, eu gosto de você, é só uma questão de lógica.
Se um dia isso tudo vai acabar, não é melhor acabar logo agora?
Já que vai terminar dando errado mesmo, pra que esperar?
É claro que um dia vai dar errado.
A maior parte dos casais dá errado um dia.
Por que haveria de dar certo justo com a gente?
Melhor ficar por aqui enquanto não deu errado ainda.
Pelo menos agora a gente ainda tem chance de ser feliz por aí.
A gente é feliz, eu sei.
Então, pra que estragar?
É claro que o amor vai se gastar.
É lógico que um dia isso tudo vai passar.
É óbvio que a gente não vai ser feliz assim a vida inteira.
Não vai ser muito mais triste depois, quando a tristeza pegar a gente desprevenido?
Um dia eu vou me sentir infeliz com você, você vai pensar em outra pessoa, eu vou pensar que me sinto infeliz com você porque você pensa em outra pessoa, você vai pensar que pensa em outra pessoa porque eu me sinto infeliz com você, ou vice-versa.

Aí a gente vai brigar, vai se acusar, vai se culpar, vai ver que é melhor acabar, mas já vai estar muito mais acostumado um com o outro e vai ser ainda mais difícil.

Então a gente vai tentar mais uma vez.

A gente vai tentar mais uma vez não sei quantas vezes.

Vai ter hora que sou eu que vou pedir, vamos tentar?

Vai ter hora que quem vai pedir é você.

A gente vai alternar os papéis de vez em quando, um indiferente e um apaixonado, uma vítima e um culpado, um coitado e um tirano, a gente vai terminar se odiando.

Vamos deixar assim como está, eu gostando de você e você gostando de mim?

É difícil, eu sei.

Mas difícil mesmo vai ser um dia a gente se olhar e pensar, passou.

Vai ser muito mais difícil ver o amor diminuindo, diminuindo, acabando, ver o tempo que era bom ficando cada vez mais distante, a gente se lembrando de agora e pensando, tá vendo?, era melhor ter acabado antes.

Eu sei que é difícil.

Mas eu acho melhor a gente acabar aqui, Fulano."

E só quando Fulano desistiu de argumentar e foi saindo, triste, muito triste, ela gritou, "primeiro de abril!".

Primeiro ele riu. Então parou. E, antes de voltar, raciocinou um pouquinho.

Era uma questão de lógica. Se um dia aquilo tudo ia acabar, não era melhor acabar logo ali? Já que ia dar errado mesmo, pra que esperar? Pensou que ia ser muito triste olhar pra ela um dia e pensar, passou. Pensou, ainda, que a tristeza tem essa mania de pegar a gente desprevenido. Mas a tristeza já estava tão longe dali, naquela hora, que nem metia mais tanto medo.

Então ele pensou, azar.

Aí, voltou.

E os dois morreram de rir.

E se beijaram.

E morreram de rir.

E se beijaram.

Vai ver eles pegaram a tristeza desprevenida naquele primeiro de abril, não sei, não posso afirmar, mas eu acho que ela foi embora de susto.

Só sei dizer que não voltou nunca mais e eles foram felizes para sempre, quem diria?

Um casal perfeito

O ENCONTRO (praia, montanha, parque, carnaval, noite, dia, festa, bar, escritório, rua, *shopping*, pátio de escola ou engarrafamento).
Ele olha para ela, ela olha para ele.
Ele fica na dúvida.
Ela tem quase certeza.
Ele só queria ser Humphrey Bogart, mesmo que nunca tenha ouvido falar nesse nome.
Ela só queria acreditar.
O fato é que eles terminam juntos.
Algumas considerações, uma pequena confissão, nenhuma promessa, um beijinho só.
Então começa.

UM MÊS DEPOIS (em qualquer lugar).
É claro que ele está atrasado. É claro que ela está esperando.
E se ele não vier?
Veio. Chega bastante ofegante, mas finge que não estava com pressa.
— Você veio correndo?
— Eu? Não. Eu tenho asma.

Tem asma, herpes, astigmatismo, essa calça listrada horrorosa, é atrasado, irresponsável, desajeitado, doido, será que é apenas isso ou ainda tem mais algum defeito?

Ela é totalmente incompreensível, nervosa, uma chata. Mas é tão engraçadinha, ele pensa.

Então dá um beijo de desculpa nela e a tática funciona.

O CASAMENTO (cartório, igreja ou caminhão de mudança).

É claro que vai dar certo. Não vai? Vai sim. Sei não.

Esse negócio de casamento é muito difícil hoje em dia.

Casamento sempre foi difícil.

Por que as pessoas casam, então?

Pra ficar junto, amar, ser feliz, não sei o que, não sei o que lá, essas coisas de letra de música.

Por que, no fundo, todo mundo é romântico, sabe?

Sei.

Quero ver daqui a cinco anos.

DAQUI A CINCO ANOS (na cozinha?).

Não é que casamento seja ruim, é que a mesma pessoa, todo dia a mesma coisa, de vez em quando cansa um pouco, é isso, e depois criança pequena dá trabalho demais, meu Deus, deviam ter avisado antes. Avisaram. Eu sei. É que a gente nunca escuta quando está apaixonado, fica surdo, fica tonto, abobalhado, fica feliz demais, uma coisa meio louca, lembra? Aquela noite? Cinco horas da manhã e a gente lá dançando. Não queria nem saber de nada de negócio de dinheiro, de negócio de família, de negócio de trabalho no outro dia. Não queria. Nem saber. Agora é fralda, mamadeira, IPVA de carro, supermercado, gripe, quer tomar outra cerveja? Agora não posso. Não devo. Tenho contas a pagar, sou pessoa responsável. Uma cerveja só, tá? Então tá. Já são cinco da manhã. Quer dançar? Quero.

DEZ ANOS DEPOIS (dentro da cabeça).
Tá passando. A vida tá passando. A vida tá passando. Será que é essa vida que eu quero? Será que ainda dá tempo de viver outra? Eu quero outra ou quero essa? Não posso afirmar muito bem, assim, com certeza absoluta. Se pudesse guardar essa vida na gaveta e ir lá fora pensar um pouco... Às vezes eu tenho essa dúvida. Mas depois passa. Tá passando.

DEPOIS DE TUDO (juntos. Ou separados).
Tirando os problemas todos até que foi bom, foi ruim, foi médio, engraçado, meio triste, uma desgraça!, foi impossível, tá certo, foi chatíssimo, foi péssimo inclusive, mas também foi muito divertido, eu diria até que foi ótimo, excelente mesmo, foi perfeito, não foi?
E além de tudo ainda teve cada beijo!

Não pode dar certo

Estavam juntos havia alguns anos, eram bastante felizes e ela gostava muito dele. Mas o problema não era só esse. Ela gostava dele demais. Aquilo não era mais gostar, era pior, era amar mesmo. Sabe amor, amor, que nem em música, em história de romance ou então em filme, amor que não acaba mais, amor de verdade, sabe lá o que é isso?

Pois imagine. Ela amava aquele cara com todas as qualidades e todos os defeitos que ele tinha, pior ainda, amava os defeitos dele, inclusive aquela mania de exagerar as histórias que contava (ela sempre usava o verbo exagerar, em vez de mentir, quando ele era o sujeito da frase).

Ela amava o jornal inteiro que ele lia, o cachorro dele que latia, a toalha no chão do banheiro, o sapato no meio da sala, o sal de fruta, a pressa, o amigo chato, a noite besta, o dia a dia, mesmo quando ele estava mal-humorado, deprimido, insuportável, impossível, mesmo quando ele não estava, nem telefonava, mesmo quando ele se atrasava, não vinha, faltava, não ouvia, mesmo assim ela amava, fazer o quê?, o amor é assim mesmo, dizem.

Logo começaram a estranhar um pouco o fato.

Diziam que ela era insensata de amar daquele jeito, com aquela intensidade, sem medo nem cautela, sem fazer economia, diziam que ela era burra, que era cega, que era boba, diziam que ela era doida.

Doidinha.

Isso não pode dar certo.

Que ingenuidade, meu Deus.

Ainda vai quebrar a cara um dia.

Deixa ela.

A vida ensina.

As coisas mudam.

O tempo passa.

Mas o tempo ia passando e ela continuava a amar o mesmo amor, igualzinho. Quando as coisas iam mudando, ela amava mais ainda. Todos os casais que existiam já tinham se separado, e ela lá com ele. Todos os separados (inclusive os mais descrentes) já tinham encontrado outros amores, e ela lá na mesma.

Fosse em casa, na rua, no trabalho, nas férias, em Verona, em Fortaleza, em Niterói, em Ibiza, aqui mesmo, em qualquer lugar que fosse, em toda e qualquer circunstância, mesmo nas mais adversas, chovesse ou fizesse sol, ela amava incondicionalmente. Aquilo até irritava, que amor é esse, gente? Quem já viu uma coisa dessas? Ela não era normal.

Estava errado. Não podia.

Foi então que resolveram estudar o caso com detalhes, e ela virou fonte de pesquisa.

Fizeram exames psicológicos, psicotécnicos, semióticos, ergométricos, enzimáticos, neurogênicos, hemoculturas, eletrocardiogramas, gráficos, cálculos, análises, conjecturas, cronometraram tudo e deram o diagnóstico: aquilo não tinha cura.

Tente se pôr no lugar dela.

Quem não se preocuparia em saber que é pessoa desenganada?

Ela ficou meio confusa.

Será que não tinha jeito?

E decidiu tentar de tudo. Acupuntura, homeopatia, praia, ioga, teatro, reza, lógica, tequila, aula de dança, namorado, voo livre, nada disso adiantava, o problema era gravíssimo.

Terminou acontecendo: ela pôs a culpa nele, é claro.

Ele não era normal. Era bom demais pra ela. Muito direito, trabalhador, sincero (só um pouquinho exagerado), mas era moreno, por outro lado, inteligente, bonito. Pra completar, fazia tudo o que ela gostava, qualquer coisa, ainda por cima. Quem já viu uma coisa dessas? Não podia. Estava errado.

Tiveram uma conversa muito séria madrugada adentro com direito a choro, acusação e grito. Quando o dia nasceu, encontrou os dois mortos de cansaço. Era inútil, ao que parece, aquilo não tinha saída.

Decidiram ficar juntos assim mesmo, apesar disso. Qual é o casal, afinal, que não tem os seus problemas, não é mesmo?

Inverno

A paixão apagou.
Sumiu.
Devagarinho, talvez, ou então de vez, como uma bolha de sabão, o fato é que se foi.
Paixão, cadê você?
Não existe mais?
Não faz mal não.
Dizem que depois da paixão fica o amor. (Às vezes.)
É quando a doidice sossega, a agonia desaperta, o pensamento serena, a vida acena com outras possibilidades, a sanidade retorna, a realidade se reapresenta: Lua é Lua, noite é noite, palavras são só palavras e nem todas elas são boas.
Agora sim.
Também, era impossível viver ardendo naquele fogo, eternamente.
Ainda bem que passou, não cega mais, aquilo já era um inferno.
Melhor assim, sem tanto calor.
Já dá pra respirar melhor.
Dá até pra raciocinar, eu sou eu, você é você, e nós dois juntos somos dois.

É só somar.

Se eu quero isso e você quer aquilo, tudo bem. (É impressão minha ou o querer da gente coincidia sempre antes? Esquece.) Nada melhor do que se sentir de novo uma pessoa.

Eu vou pra cá, você vai pra lá, mais tarde a gente se vê.

Agora eu preciso olhar as garotas saindo das escolas com seus moletons, de preferência com as mangas sobrando para fora das mãos, tomar um café, depois um licor, usar meu chapéu, sabe quando a pessoa está incrivelmente necessitada de dançar na chuva?

Você faz o que quiser: cinema, teatro, boteco, futebol, o controle remoto é todo seu.

Antes de dormir a gente se encontra embaixo do cobertor eu e você, dois, mais esse friozinho, três. Vai ser ótimo. Muito agradável. Confortável. Calmo. Tranquilo.

Reconheça: não é muito mais fácil viver assim, desafogado, do que naquela tormenta?

Não ouviu o que eu falei?

Deixa pra lá.

Está bom aí, em você?

Aqui em mim está um fracasso, eu confesso.

Que tal meia garrafa de vinho, uma lareira, uma música antiga, qualquer coisa?

Não tem mais jeito?

A paixão não volta?

Quem disse?

A lógica? A química, a física e a biologia? Toda e qualquer estatística? O funcionamento hormonal? O passar do tempo? Pois então danem-se todos eles. Você está com 21 e eu com 19, frente a frente, enlouquecidos. Então você tem 33. (De presente de aniversário eu até escrevi uns versos, mas você continuava preferindo beijos.) De repente, eu me dou conta, já fiz 40 e continuo louca. Quando você tiver 58, estaremos mais encantados ainda. Viraremos matéria de pesquisa, objeto de museu, motivo de inveja, o mundo inteiro comentando "tá vendo aqueles dois? Que loucura. Que grude. Que estranho. Eu acho que é mentira. Será? Sei lá. Que coisa!". Deixa falar.
Não liga não.
Então, vai: me tira pra dançar.
Agora, sim, qual o problema?
Depois eu termino a crônica.

Revelação

Vou ao banheiro, ela disse. Ele piscou o olho pra ela e continuou a conversa. Eram casados havia alguns anos, nem ricos nem pobres, dois filhos, um cachorro, todos os sábados saíam com os amigos. Formavam um casal feliz. Até aquele sábado, pelo menos. Mas ela foi ao banheiro e então se deu a tragédia. Foi o destino. Tinha que acontecer. Ninguém está livre de precisar ir ao banheiro. Ela precisou. E, quando ia voltando para a mesa, percebeu como tinha se enganado com aquele homem durante esses anos todos e viu uma vida inteira desabar sobre sua cabeça.

Imagine você que ele estava conversando normalmente, como se nada tivesse acontecido, sem demonstrar nenhuma dificuldade em continuar conversando normalmente, apesar da ausência dela. Pior ainda. Ele estava feliz. Tão feliz que ela até se assustou, parou na porta do banheiro e ficou observando a distância.

Ele falava alto, enquanto derramava mais cerveja no copo, e ria como não ria havia muito tempo. Até aí tudo bem. Admite-se. Mas então ele disse, às gargalhadas, "vocês sabem como eu odeio piadas, não é?", uma inverdade, aliás, uma grande mentira. Ele sempre gostou de piadas. Ou seja, tratava-se de um mentiroso. Uma pessoa que mentia sem a menor necessidade só pra impressionar os outros. Uma pessoa que gostava de impressionar os outros, principalmente as mulheres, provavelmente. Mas a desgraça ainda estava por vir, e veio, quando ele se levantou da cadeira e continuou a frase, "aí o Luís Afonso chegou andando assim, daquele jeito dele...", e então, veja a que ponto chegamos, ele imitou o Luís Afonso andando. Com as pernas abertas. Sem a menor vergonha. Imitou igualzinho. Era um excelente imitador, quem diria. Longe dela ele parecia outro homem.

Longe dela ele era outro homem, essa é que é a verdade.

Um mentiroso, um imitador, um falso, um homem capaz até de imitar o Luís Afonso andando com as pernas abertas e, portanto, capaz de tudo. Olha só o perigo que ela estava correndo.

Tinha dois filhos com um indivíduo altamente periculoso, um cara capaz de fazer qualquer coisa para agradar os amigos, principalmente as mulheres, numa mesa de bar, até imitar o Luís Afonso andando. Logo o Luís Afonso. O melhor amigo dele. Ele não tinha mesmo a menor consideração por ninguém, muito menos por ela, tanto é que continuou conversando normalmente, como se nada tivesse acontecido, "... e o Luís Afonso pediu um uísque e começou a contar piada". Quer dizer que o Luís Afonso pediu um uísque, não é? Quando? Onde? Com quem? Fazia meses que ela não via o Luís Afonso. É claro que os dois deviam estar em alguma farra que ela não era besta nem nada. Se fosse coisa sem importância, ele teria contado, "tomei um uísque com o Luís Afonso hoje". Se não contou, então é porque tinha coisa no meio. Tinha coisa no meio sim. O Luís Afonso e uísque? Aí tinha coisa.

Então ela começou a tremer sem saber se era de raiva ou de surpresa, pensou em ir embora dali correndo e abandonar aquele homem pra sempre, mas preferiu ficar ouvindo a conversa. Ele contava a piada que o Luís Afonso contou pra ele, numa noite de sexo, uísque, *rock'n'roll* e sabe-se lá mais o que, muito possivelmente, e se comportava como se contar uma piada fosse a coisa mais natural do mundo, quando de repente aconteceu, fim, acabou, ele morreu pra ela ali, naquela hora.

Não que contar uma piada seja crime.

A pessoa tem todo o direito de contar uma piada.

O problema é que quem tinha contado aquela piada pra ele foi ela, na noite passada; ele não tinha achado graça nenhuma, e agora estava ali morrendo de rir com uma piada que o Luís Afonso nem devia conhecer, duas mentiras em uma, um milhão de mentiras, mais precisamente, e ela nunca imaginou que ele fosse capaz de tudo aquilo. Continuar conversando normalmente, na ausência dela, como se nada tivesse acontecido, afirmar de maneira falsa e leviana que não gostava de piadas, imitar o próprio amigo descaradamente, sair com o Luís Afonso e não contar para ela, omitir o fato de que ela havia contado uma piada para ele na noite passada, fingir que quem contou a piada foi o Luís Afonso, rir publicamente de uma piada sem graça nenhuma, continuar rindo, não ligar a mínima pra demora dela, chegando a preferir, talvez, que ela tivesse morrido afogada no banheiro.

Pensou mais uma vez em ir embora dali correndo e abandonar aquele homem pra sempre, deixando pra trás um passado construído de mentiras, mas resolveu se fazer de sonsa e voltar pra mesa. Ele parou de rir, o impostor, ajeitou-se na cadeira, deu um beijinho nela, como é que a pessoa pode ser tão falsa?, disse, "— vamos, meu bem?", ela disse que não, e aí ele ficou devidamente calado enquanto ela pedia outra cerveja.

Um dia de mãe

Chegou exausta, cheia de sacolas, de dor de cabeça, morta de calor, faminta, caótica, e com um firme propósito: tomar um banho e cair na cama. Encontrou uma acalorada discussão a respeito da impossibilidade de se dividir um computador em três (sem despedaçá-lo) e as três crianças aos berros. Todas as luzes da casa estavam acesas. A pressão subiu um pouco.

— Vocês querem fazer o favor de apagar as luzes enquanto eu tomo o meu banho?

Inútil. Todos os membros da família foram acometidos da síndrome de pensar em outra coisa, mal muito comum entre maridos e filhos durante reclamações, queixas, opiniões etc. Saiu pela casa desligando tudo o que estava aceso para nada: lâmpadas, som, TV, internet...

— Por isso que eu liguei pra cá e só deu ocupado o dia inteiro!

— O quê?

Nada. Já tinha desistido de competir com o *walkman* havia muito tempo.

No quarto da filha mais velha, dezenove blusas, cinco saias e quatro vestidos estavam espalhados em cima da cama para a devida apreciação da mesma.

— Vai sair?

— Desisti. Não tenho roupa.

A pressão subiu vertiginosamente. Bobagem. Nada que um banho não resolvesse.

— Esse jantar não sai hoje não?

Esquece o banho.

— Sopa de novo?

Calma.

— Argh!

Respira.

— Por que eu não tenho copo?

Palpitação moderada. Coisa controlável. Foi buscar o copo.

— Aproveita que tá na cozinha e frita um ovo pra mim?

Claro. Fritar ovo inclusive é uma ótima terapia ocupacional pra quem já passou por dois engarrafamentos, banco, pediatra, ginástica, supermercado, uma papelaria entupida de mães comprando material escolar e cinco reuniões de trabalho. Normal.

— Você não sabe que eu só gosto de gema mole?

Teve uma leve síncope nervosa, mas conseguiu se controlar. Afinal, a culpa era dela. Como podia ter cometido um erro tão grave? Era óbvio que a mais velha e a do meio gostavam de gema mole (muito sal para a primeira, pouco para a segunda), a menor preferia ovo mexido (sal no ponto), o marido não suportava gema... Ou não suportava clara? Quem gostava de omelete? Qual das crianças teve sarampo? Quem foi que quebrou a perna?

Bateram na porta. Era o porteiro pra avisar que ia faltar água. Ameaça de enfarte. Passou, graças a Deus. Voltou quando alguém espatifou a jarra de suco no chão. (Dessa vez foi de miocárdio.) A menorzinha disse que foi a mais velha. A mais velha disse que foi a do meio. A do meio disse: tudo eu! E trancou-se no quarto, de onde só saía em último caso, um incêndio ou um telefonema, por exemplo. O telefone tocou.

— Alguém pode atender enquanto eu limpo o chão ou limpar o chão enquanto eu atendo?

Todos os membros da família foram acometidos de um acesso de paralisia generalizada (espécie de praga que costuma ser causada pela presença da mãe no recinto) acompanhado de mudez instantânea. Acontece. Ela atendeu o telefone, era engano, limpou o chão, voltou para a mesa, a sopa tinha esfriado. Melhor. Comer engorda.

— O ar-condicionado do meu quarto quebrou.

— Você lembrou de comprar o meu livro de inglês?

— Não tem geleia não, é?

— O cachorro fez xixi na minha colcha.

— Por que eu não tenho garfo?

O telefone tocou de novo. Nova palpitação seguida de falta de ar súbita. Era para a menor.

— A Júlia pode dormir aqui hoje?

Pode.

— A mamãe deixou. Desce daqui a dez minutos que a gente passa aí pra te pegar.

Ligeiro formigamento no braço esquerdo. Angina? Isquemia? Talvez. Saiu de casa com o firme propósito de pegar a Júlia, voltar correndo, ir direto tomar um banho e cair na cama.

— Aproveita que vai sair e passa na locadora pra devolver os filmes.

— Aproveita que vai passar na locadora e compra o meu remédio na farmácia.

Casa da Júlia. Locadora. Farmácia. Ia ter que deixar o enfarte e o banho pra mais tarde.

Um dia de pai

Quando o despertador toca, e os sonhos fogem, aí começa: banho, barba, café, beijo e rua! A vida tem essa mania de passar as obrigações na cara dele.

— Bom trabalho, pai!

— Vê se não se atrasa pro jantar.

— E não esquece de deixar aqueles cinquenta que eu pedi ontem.

Quando era garoto, ele queria ser cantor de *rock*.

Hoje trabalha muito, sai pouco, agrada médio, raramente chora, adora música, de vez em quando arrisca um samba.

Desistiu de ficar rico. Desistiu de ficar jovem. Desistiu de tocar guitarra. Desistiu de falar inglês fluentemente. Desistiu de entender as mulheres. Desistiu. Infelizmente.

Faz contas e mais contas.

Vê TV pra se distrair um pouco.

Bebe quando pode. Quando bebe, geralmente ele ama.

Parou de fumar várias vezes. Parou de dançar. Parou de pensar. Parou de insistir. Parou.

Tem colesterol alto. Fica meio preocupado. Depois passa.

Joga paciência no computador apenas quando está impaciente.

Além do colesterol, ainda tem a tendinite.

Fora a vista cansada.

Lia muito antigamente. Leu até filosofia.

Nunca mais foi ao cinema. Sexta que vem vai sem falta. Sábado tem jogo. Domingo tem pizza. Segunda tem mais. Terça tem mais ainda.

Dólar sobe. Salário fica. Restaurante tá pela hora da morte. Praia que é bom tá poluída. Problema tem muito. Candidato não falta. Solução é que tá bastante difícil. Assim não há quem aguente. Depois passa.

Já tentou promessa. Já tentou incenso. Já tentou calmante. Já tentou contar até dez. Um dia chegou a mil e duzentos. Já tentou de tudo, na verdade. Continua tentando.

A mulher pede atenção. O filho ficou em recuperação. As filhas querem ora isso, ora aquilo, sabe como é que é menina. A mais velha arranjou um namorado. A mais nova é a cara da mãe. Viu só como a mãe dela já foi linda?

Adorava cartas, principalmente as que vinham em envelope bonito e com vários selos colados, mas nunca mais recebeu nenhuma.

É praticamente fiel.

Pretende conhecer Veneza.

De vez em quando, ele olha pra trás.

O garoto que queria ser cantor de *rock* até que não está tão longe assim, lembra?

Luz negra, calça de nesga, rum com coca, violão, passeata, LP, parece que foi outro dia.

Mas hoje não dá pra ter saudade. Cadê tempo? Olha a hora! Olha pra frente. Amanhã tem reunião importante. Tomara que dê tudo certo. Dizem que o negócio tá feio. Imagina como é que vai ser quando as crianças crescerem? Se ao menos desse pra juntar algum pro futuro. Como é que se diminui ainda mais esse orçamento? Só refazendo as contas. Mas a mulher reclama que nunca mais saiu pra jantar. Tudo bem. Vá, lá, que seja. Promete para si mesmo que não vai beber muito hoje. Só uma. Ou duas. No máximo, três. (Às quatro da manhã estará irremediavelmente arrependido.) Depois passa.

Todo dia é isso: matar um leão, encarar chateação, cumprir obrigação, garantir o seu quinhão e ainda manter o sorriso.

Uma vez por ano tem dia dos pais. Ele guarda com carinho o peso de papel que o filho pintou quando ainda estava no jardim.

— Presente pra mim? Muito obrigado.

O garoto que queria ser cantor de *rock* hoje é pai de família e às vezes fica especialmente emocionado.

Depois passa.

Amanhã é outro dia.

Verdade ou mentira?

Verdade ou mentira, o que eu vou contar aqui é meio esquisito e merece ser lido com alguma atenção. (Por precaução, vale ficar perto do telefone e não custa nada se certificar de que a porta está trancada.) Por mais impressionante que seja a história, procure controlar os nervos.

Prepare-se como lhe parecer melhor. (Uma boa companhia, uma música de fundo e uma luz indireta sempre ajudam.)

Prometo manter-me imparcial e evitar aumentativos. Narrarei aqui tão somente o que me foi contado, tentando, dentro do possível, driblar a poesia.

Tudo pronto? Então lá vai.

Houve uma mulher que amou um amor de verdade.

Por mais estranho que pareça, foi isso o que me contaram exatamente.

Um dia ela conheceu um homem, então descobriu que seu amanhecer já não era o mesmo. Os dois trocaram juras eternas, e, o que é mais fantástico ainda, essa mulher, pelo que consta, amou mesmo esse homem, só ele, muito e sempre.

Parece que ele não era especialmente bonito, rico nem inteligente, era boa gente apenas e (segundo fontes seguras) tinha um sorriso engraçado.

Ela também era uma pessoa normal (pelo menos aparentemente), e só apresentou esse comportamento estapafúrdio em toda a sua vida.

Os motivos que levaram essa mulher a amar tanto o tal homem, de forma tão descabida e excessiva, nunca ficaram provados.

Primeiro levantaram a hipótese de um surto de loucura passageiro. (Um atestado de insanidade resolveria a questão sem a necessidade de uma análise mais apurada.) Não era. Cogitaram, então, a influência de algum agente externo. (Drogas? Chá de catuaba? Superexposição à ação de livros de romance? Overdose de filme?) Nada.

Alguém sugeriu um componente genético. (A mãe dela, sua avó, sua bisavó e sua tataravó também tiveram um só homem a vida inteira.) Logo lembraram que, naquele tempo, as pessoas ficarem juntas por toda a vida não era uma prova de amor contundente, e assim foi descartada a possibilidade.

Uma menina chegou a deduzir que ela só podia ser a Cinderela, mas não foi difícil provar o contrário, e as investigações foram reiniciadas.

O fato foi tomando proporções maiores, à medida que o tempo passava, e o amor daquela mulher não diminuía.

Psiquiatras, sociólogos e sexólogos chegavam, vindos do mundo inteiro, interessados no caso. (Seria um vírus desconhecido? Uma bactéria fabricada em laboratório? Um ato terrorista? Uma alucinação coletiva? Um novo tipo de gripe? Algo místico?)

Um numerólogo garantiu que tudo aconteceu porque ela conheceu o seu amado no dia 5 do 9 às 4 horas, noves fora zero.

Houve quem apostasse que aquele amor todo era mentira da mulher, com a clara intenção de aparecer na mídia.

Pelo sim, pelo não, foi convocado um congresso internacional sobre paixão, com a presença de competentes profissionais apaixonados pelo tema.

Wilhelm Gertkurt, renomado cientista alemão especialista em "paixões duradouras nos trópicos", depois de examinar detalhadamente os sintomas: beijos, batimento cardíaco, beijos, admiração, beijos, felicidade, beijos, abraços, beijos etc., deu o diagnóstico: era amor mesmo. Não havia dúvida.

Valia a pena procurar as autoridades e os poetas para notificar o caso.

A mulher foi ficando meio assustada com aquela agonia de gente e flashes de repórter, confere daqui, examina de lá, até que acabou fugindo, coitada. Aquilo já estava impossível.

O homem ficou muito triste, é óbvio, de perder um amor assim tão interessante.

Há quem garanta que até hoje ele passa o dia bebendo na esquina e chora constantemente.

Dela, nunca mais se teve notícia. Possivelmente se autoexilou em algum lugar ignorado.

Está vendo só que perigo?

Existe uma mulher capaz de amar de verdade solta por aí e você nem sabia.

DE PENSAMENTOS E DIVAGAÇÕES

Entrada proibida

A sala do coração tem muitas janelas e duas portas, a que dá pra dentro e a que dá pra fora. A que dá pra dentro está sempre aberta. A que dá pra fora vive trancada.

Espalhadas pela sala, as notícias do jornal de hoje, a bobagem dita ontem, o Natal passado, o retrasado, a mula sem cabeça, o Banco Imobiliário, uma febre, um sarampo, a enchente, o cometa Halley, um São João, um jipe amarelo, a foto do casamento, o nascimento do filho, o velório da avó, a festa do tetra, a desesperança do mundo, a expectativa do próximo fim de semana e outras tralhas, cada qual lá, com sua importância, acumulando poeira. Talvez se sintam meio tristes por estarem virando memória, quadro, objeto na estante. Talvez se sintam felizes. Quem sabe?

O coração tem muitos quartos. No primeiro, logo o da frente, algumas lembranças dormem, umas riem, umas mentem, outras doem. O bolo de aniversário dos seus oito anos, não o dos sete nem o dos nove, o olhar azul da avó quando entrava na ambulância, o primeiro beijo (foi na escada?), a primeira mão que desceu mais um pouquinho, o refrão daquela música que um dia embalou o final do seu namoro e nunca, nunca mais vai tocar no rádio, a primeira vez que, sem ninguém explicar, você juntou o nome à pessoa, e a palavra orgasmo (tirada de alguma matéria de revista) legendou seu pensamento, uma cama laqueada com um estrado tão atento que, no melhor da história, por piada ou por recato, quase sempre desabava, aquele sapatinho de bebê que só você sabe a cor exata e o exato pompom, o dia da derrota do seu candidato, da sua ingenuidade, da sua felicidade, da sua ignorância, da importância daquela pessoa, daquela outra, e daquela, especialmente, que um dia já foi tanto, tanto, tanto.

O segundo quarto é meio escuro e faz tempo que não recebe um vento. É ali que estão guardados, em caixas, caixinhas, caixonas, envelopes, sacolas, pelos cantos, uns entulhos e uns tesouros. Quase ninguém entrou nesse quarto, além de você, e mesmo você só entra lá muito de vez em quando. Imagine só que perigo deparar-se, assim de repente, com aquela canção de ninar, um lápis de bandeirinhas mordido na ponta, o apontador verde, o estojo, a máquina de escrever do escritório do seu pai, uma barraca colorida de praia, o botão número três do elevador de um prédio antigo, o nome que você fazia com letras de macarrão ou o formato exato da boca do dono desse nome, a primeira desilusão, o primeiro desapego, a primeira devassa, uma tarde, numa praia, uma certeza insistente, a vontade de que chegue amanhã, vai, amanhã, chega logo, amanhã vai ser uma beleza.

O terceiro quarto permanece fechado de dia e só se abre certas noites, em alguns sonhos. Lá estão, entre outras tantas, coisas que não fazem nenhum sentido aparente, pedaços, cheiros, fitas, mofo, uma bacia de lata, um compacto simples, um cinzeiro laranja, uma mentira, uma vergonha, um medo, um choro engolido, detalhes que nem você sabia que existiam ainda, violentos assim, se é que eles ainda existem (o coração às vezes também inventa um pouco).

O último quarto, no fim do corredor, hoje em dia é só depósito. Um dragão imenso, parado na porta, tenta parecer assustador, uma vez que serve de vigia. Ou pensa que serve. Mal sabe ele que foi tirado da fachada de um restaurante chinês, ou, na melhor das hipóteses, de uma página de um livro de arte.

Ninguém sabe até hoje o que tem dentro desse quarto, nem você, nem a sua mãe, nem o seu psiquiatra. Enquanto o dragão fica lá convicto de que você morre de medo dele, você continua convencido de que só não entra ali pra não ter o trabalho de matar o coitado.

No banheiro, antigo e grande, tem uma banheira que já foi oceano de bonecos, uma cortina de plástico, alguns decalques (meio tortos) descascados nos azulejos, um bidê muito importante e uma mania de comer pasta de dente escondido dos outros.

Um biscoito, que você mordia cuidadosamente pelas bordas para preservar intacta a figura que tinha dentro (era uma árvore, parece), está guardado na cozinha do coração junto com o cheiro do feijão da sua avó e a esperança de que estivessem fritando batatas.

Adriana Falcão

O quintal está interditado. É campo minado. É um perigo. Deve ser atávico. Ninguém precisa ter tido um quintal na vida pra saber a alegria e a tristeza que podem causar uma cerca, um portão, uma pedra, uma lagarta. Nunca visite o quintal do seu coração, não corra esse risco, não cometa essa loucura, a não ser em caso de extrema necessidade ou em dias de vento forte, raios, relâmpagos e muitas trovoadas. Se você por acaso der de cara com você lá, brincando, bem contente, a sua vida pode virar uma calamidade.

Segunda-feira

Toda segunda-feira começa cedo mesmo que se acorde tarde.

As segundas, aliás, começam quase sempre na véspera, "amanhã já é segunda" (toda noite de domingo traz com ela, além da depressão habitual e do som de uma TV ligada, uma segunda-feira inevitável).

Toda segunda há uma promessa a ser cumprida, pelo menos uma, muitos ônibus lotados, atrasos motivados pelos mais diversos motivos e um alto índice de enfartes.

Toda segunda tem a esperança de um telefonema que mude a sua vida, tem um papel pra ser assinado, tem uma prestação pra se botar em dia e tem uma importante decisão a ser tomada.

Toda segunda tem um pouquinho de primeiro do ano.

Toda segunda, um cantor de bar fica rouco, um bailarino está exausto, um artista de teatro aproveita sua folga até a próxima quarta e a namorada de um garçom capricha na lavanda.

Toda segunda, um homem que bebe procura urgentemente uma desculpa.

Toda segunda tem alguém que parou de beber, tem alguém que parou de fumar, tem alguém começando uma dieta.

Toda segunda, em um prato, em uma cozinha, tem um resto de bolo de chocolate.

Toda segunda, as agendas das garotas acumulam novos ingressos de *show*, notinhas de bar, pétalas de flor, guardanapos de papel, bilhetes de amor e ficam ainda mais gordas.

Em compensação, as folhinhas, se é que ainda existem folhinhas, vão ficando mais magras.

Toda segunda tem pelo menos um bom-dia que é dito com alegria por alguém que encontrou o seu amor no final de semana, e pelo menos um que é dito com tristeza por alguém que perdeu o seu, ou porque ele se foi, ou porque o amor perdeu a graça.

Toda segunda, secretárias com muitas aventuras pra contar deixam os chefes malucos atrás de documentos, relatórios e cronogramas.

Toda segunda, os desenganados têm mais um domingo pra contar e os infelizes da vida ficam contentes porque têm menos um domingo pela frente.

Toda segunda, alguém começa uma contagem regressiva.

Toda segunda, uma expectativa se estabelece.

Toda segunda, um prazo se esgota.

Segunda sim, segunda não, já se passou uma quinzena e alguém continua esperando alguma coisa que não chega nunca.

Toda segunda existe um trabalho chatíssimo pra fazer, a não ser que, sorte a sua, seja feriado.

Toda segunda é ensolarada, mesmo as mais chuvosas, só para arruinar o humor da humanidade.

Toda segunda é igual à outra, menos se o seu time ganhou, se o despertador não tocou, se o seu filho nasceu ou se um terremoto destruiu a cidade.

Toda segunda nascem não sei quantas crianças, umas de parto normal, umas de cesariana, e todas elas, benza Deus, segunda que vem vão completar uma semana.

Toda segunda faz um ano exato que um fato qualquer aconteceu e para alguma pessoa, por algum motivo, isso tem uma enorme importância.

Toda segunda é meio lembrança, meio começo, meio cansaço, meio maçante, meio preguiça, meio esperança.

Toda segunda tem alguma coisa ruim, alguma coisa boa e uma péssima fama.

O resultado

No princípio Deus criou os céus e a terra. À parte sólida, chamou terra, e ao conjunto das águas, chamou mar.

E Deus viu que isso era bom.

A terra produziu verdura, ervas com semente e árvores de fruto.

E Deus viu que isso era bom.

E disse: "Faça-se a luz!" E a luz foi feita.

E Deus viu que a luz era boa e separou a luz das trevas.

Para reger o dia e a noite, Ele colocou no firmamento duas grandes luzes, a maior para iluminar o dia e a menor para iluminar a noite, e milhões de estrelas.

E Deus viu que isso era bom.

Criou, então, todos os seres vivos que se movem nas águas e na terra, e as aves.

E Deus viu que isso era bom.

A seguir, Ele criou o homem à sua própria imagem e disse: "Não é conveniente que o homem esteja só; vou dar-lhe uma companheira semelhante a ele". Então, criou a mulher. "Crescei e multiplicai-vos, enchei e dominai a terra."

E se pudesse avaliar o resultado agora, bilhões de anos depois, por maior que fosse Seu otimismo, dificilmente Deus veria que isso era bom.

Mesmo com toda Sua boa vontade.

Assim que o mundo ficou nas mãos do homem e da mulher, eles cresceram, multiplicaram-se, dominaram tudo, e começou uma confusão sem precedentes na história.

A partir daí, era só com eles.

E talvez eles não estivessem preparados para tanto.

"Comerás o pão com o suor do teu rosto", Deus ordenou ao homem, sem prenunciar a crise que vinha pela frente, o desemprego, a carestia, a chatice de alguns chefes, o valor do salário mínimo e o imposto de renda. Esqueceu Ele de dizer, também, que a mulher ingressaria no mercado de trabalho e por isso exigiria, é claro, que o homem ajudasse na faxina, lavasse louça e tivesse que aprender a cozinhar, "eu já cansei de explicar qual é a colher de sopa, seu cretino".

No item "Crescei e multiplicai-vos", Ele mais uma vez se mostrou bastante otimista.

Como é que Deus ia adivinhar que os homens seriam tão trapalhões em questões como justiça social, saúde e educação para todos, e a população ia acabar nessa miséria? E a falta de consciência ecológica, e os problemas de saneamento básico, e as praias lotadas, e os engarrafamentos, e a violência, e as filas, e as favelas?

Não. Deus não era adivinho.

Quando deduziu que não era conveniente deixar o homem sozinho e criou a tal companheira para o coitado, Ele não podia prever que mulher gosta de discutir a relação, adora fazer compras no shopping e chora por tudo. Por isso, talvez, Ele não predisse: tentarás fugir desse inferno que virou a tua vida, pedirás o divórcio, mas o advogado dela exigirá até o teu último centavo.

Por outro lado, Deus ordenou à mulher: "Procurarás compaixão a quem serás sujeita, o teu marido", sem prevenir que ela estaria sujeita a um sujeito tão complicado e, o que é pior, sem determinar se ela precisava se sujeitar inclusive ao sapato dele no meio da sala.

Além disso, Ele esqueceu de comunicar detalhes importantíssimos como: acreditarás em tudo o que o teu marido disser e te darás muito mal, comprarás um brinco novo e ele não perceberá, aguardarás flores, todas as manhãs, e elas não chegarão nunca. (A não ser que teu marido cometa uma besteira muito grande, minha filha.)

Deus disse à mulher: "os teus filhos hão de nascer entre dores". É verdade.

Mas Ele não avisou: e para te ajeitares depois, só com quinhentos abdominais por dia ou uma lipo. Nem lembrou de anunciar: bebês acordam a noite inteira, principalmente se tiverdes uma reunião no dia seguinte. Nem informou: e quando eles crescerem, aí verás o que é bom, pois teus filhos não amarrarão os cadarços dos tênis, não avisarão que vão chegar mais tarde, julgar-te-ão uma chata e não sairão do telefone.

O fato é que a bagunça que virou este mundo de Deus (sem falar na programação da televisão) tomou proporções tão gigantescas que o mínimo que a gente pode fazer agora é inventar outro final pra essa história: até que os homens tomaram vergonha na cara e reinou para sempre a paz, o amor e a felicidade.

E Deus viu que isso era bom e ficou satisfeitíssimo com o resultado.

Outros olhos

No fundo de cada cabeça devem existir outros olhos, uns olhos que enxergam para dentro, e provavelmente são eles que veem as imaginações, as reminiscências, os sonhos, as ideias, as doidices que a gente pensa.

Enquanto os olhos que olham para fora se limitam a contemplar o que está na frente deles, esses tais olhos de dentro ora veem o que querem, ora o que a gente quer ver. Às vezes eles são obedientes. Outras são muito teimosos. Quase sempre são criativos. De vez em quando são tão sensíveis. São imprevisíveis, os olhos de dentro.

Em caso de necessidade, são capazes de reproduzir fielmente as imagens que os de fora já viram, o que é chamado vulgarmente de lembrança, fenômeno fácil de ser compreendido. É feito foto, filme, computador. Deve estar tudo registrado em alguma parte da memória.

O mais difícil de entender é como eles conseguem inventar coisas que os olhos de fora nunca viram:

Acontecimentos que não aconteceram.

Momentos que jamais passaram.

Situações completamente estapafúrdias.

Condições imaginárias.

Suposições.
Tragédias.
Finais felizes.
Sinais.
Hipóteses.
Subterfúgios.
Absurdos.
Desejos.

Aquilo que não existe, ou que não é visível, ou que ainda não foi descoberto, o que já foi embora, tudo o que está no brejo, o que está sempre no escuro, soterrado, escondido, após, por trás, o microscópico, a conjectura, o que foi arrancado, o que não foi aberto.

Brincar com os olhos de dentro pode ser engraçado.

É só imaginar o que quiser, por mais maluco que seja, e podem acontecer laranjas azuis — sóis sem luz — duas luas no céu — uma tartaruga veloz — uma fuga, um refúgio, um lugar — outro valor para "Pi" — paz aqui no planeta — cometas, estrelas cadentes, beijos noturnos, mil e uma viagens — paisagens à vontade do freguês — um Saturno sem anéis, uma ilha encantada, uma cidade tranquila, uma casinha na floresta — festas de chuva no sertão — um patrão mão-aberta (ou qualquer outra pessoa inventada).

Quem manda nos olhos de dentro?

Será um Deus?
Um louco?
Um desenhista?
Um escritor?
Um diretor de cinema?
Será o desejo da gente?
Há quem diga que é o inconsciente.
Há quem pense que é o por acaso.
Eu não sei o que pensar.
Mando meus olhos de dentro pensarem sozinhos e lá se vão eles inventando caminhos.
Deixo o agora para trás.
Olho só para o depois.
Encontro um farol.
Sofro uma alucinação?
Tanto faz.
Faço uma poesia, então, e imagino um país.
Vejo a gente feliz num dia de sol.
Tem hora que o melhor que se pode fazer é ver as coisas com outros olhos.

Ser humano

"Cada um dos indivíduos da espécie *Homo sapiens*, única existente hoje em dia da família dos hominídeos, do gênero *Homo*, espécie esta que ocupa uma posição especial na natureza", diz o dicionário.

Ser humano é complicado.

Obra de Deus, sobra do *Big Bang*, descendente do macaco, filho do acaso, talvez.

Descobriu o fogo, inventou a roda, foi primata, caçador, rei, servo, cavaleiro, filósofo, artista, guerreiro, explorador, pirata, poeta, aristocrata, carrasco, vítima, mocinho, fanático, machista, mascate, banqueiro, revolucionário, democrata, bandido, economista, prisioneiro, astronauta, funcionário público, feminista, hippie, rico, pobre, banido, favelado, empresário, desiludido, evangélico, capa de revista, e lá vai ele mudando com o tempo.

Suas principais características:
1. A postura vertical.
2. O polegar das mãos oposto aos outros dedos.
3. O volume do cérebro.
4. O uso da linguagem articulada.
5. O desenvolvimento da inteligência, especialmente das faculdades de generalização e de abstração.

6. Outras.
7. O hábito de sair pra beber, ou de jantar fora, ora em grupo, ora em casais, ora na mais absoluta solidão.
Ser humano é esquisito.
Tem de todo tipo.
O boteco, por exemplo, está cheio deles. Um vive uma desgraça, um comemora o sucesso, um abraça uma morena, um toma a oitava cerveja, um estuda as meninas que passam, um até arrisca um gracejo, um descobre que é hora de ir pra casa. A mulher está esperando, hoje é sexta, e toda sexta, bem, você sabe.
Ser humano é tão bonito.

Num restaurante francês, um casal levemente embriagado de champanhe repete a mesma cena clássica: as bocas se colam, os olhos se fecham, o escuro roda.

— Peço outra?

Num cantinho, no forró, dois se entregam.

No Baixo Gávea, dois disputam a mesma moça. (De repente eles são três, daqui a pouco serão quatro.)

Ser humano é fogo, sabia?

O pessoal do escritório toma saquê no japonês enquanto discute a alta do dólar.

No baile *funk*, a namorada de um comenta com a de outro que eles não são de nada.

No balcão do bar de sempre, um qualquer, abandonado pela mulher, chora.

No bar da frente, lotado, uma mulher separada tenta se convencer de que é mais feliz agora.

Na Feira de São Cristóvão, um toma outra cachaça somente pra dar coragem.

Ser humano é triste, um dia ou outro.

Mas lá no macrobiótico, toda contente, uma garota mostra pra outra sua nova tatuagem.

Na churrascaria, felizmente, uma família inteira comemora mais um aniversário.

A galera do cursinho, no mesmo mexicano, todo dia, bebe *marguerita frozen*, pula, gira, fica, troca, o mundo muda.

Ser humano é engraçado.

Na boate GLS, um casal meio deslocado tenta se divertir.

Está na moda.

Porque leu que faz bem pra saúde, um toma diariamente um copo de vinho tinto.

Porque vinha tonto há meses, um deu um tempo na bebida e anda mais desanimado.

Ser humano é assim mesmo.

É bem bacana?

É um problema?

Hoje é uma coisa. Amanhã é outra. De repente não é mais aquilo.

Às vezes, ser humano é humanamente impossível.

Difícil. Incrível. Estranho. Doido. Doído. Ótimo. Péssimo. Mais ou menos. Animado.

Ser humano é tudo isso.

Fora o resto todo, é claro.

DE DOIDOS E AFINS

O Doido da Garrafa

Ele não era mais doido do que as outras pessoas do mundo, mas as outras pessoas do mundo insistiam em dizer que ele era doido.

Depois que se apaixonou por uma garrafa de plástico de se carregar na bicicleta e passou a andar sempre com ela pendurada na cintura, virou o Doido da Garrafa.

O Doido da Garrafa fazia passarinhos de papel como ninguém, mas era especialista mesmo em construir barquinhos com palitos. Batizava cada barco com um nome de mulher e, enquanto estava trabalhando nele, morria de amores pela dona imaginária do nome. Depois ia esquecendo uma por uma, todas elas, com exceção de Olívia, uma nau antiga que levou dezessete dias para ser construída.

Batucava muito bem e vivia inventando, de improviso, músicas especialmente compostas para toda e qualquer finalidade, nos mais variados gêneros. Vai aí aquela da mulher de blusa verde atravessando a rua apressada, e o Doido da Garrafa imediatamente compunha um samba, uma valsa, um *rock*, um *rap*, um *blues*, dependendo da mulher de blusa verde, do atravessando, da rua e do apressada. Geralmente ficava uma obra-prima.

Gostava muito de observar as pessoas na rua, do cheiro de café, de cantar e de ouvir música. Não gostava muito do fato de ter pernas, mas acabou se acostumando com elas. De cabelo ele gostava. Em compensação, tinha verdadeiro horror a multidão, bermudão, tubarão, ladrão, camburão, bajulação, afetação, dança de salão, falta de educação e à palavra bife.

Escrevia cartas para ninguém, umas em prosa, outras em poesia, como mero exercício de estilo.

Tinha mania de dar entrevistas para o vento e já sabia a resposta de qualquer pergunta que porventura alguém pudesse lhe fazer um dia.

Ajudava o dicionário a explicar as coisas inventando palavras necessárias, como *dorinfinita*.

Adorava álgebra, mas tinha particular antipatia por trigonometria, pois não encontrava nenhum motivo para pegar pedaços de triângulos e fazer contas tão difíceis com eles.

Conhecia mitologia a fundo.

Tinha angústia matinal, uma depressão no meio da tarde que ele chamava de cinco horas, porque era a hora que ela aparecia, e uma insônia crônica a quem chamava carinhosamente de Proserpina.

Sentia uma paixão azul dentro do peito, desde criança, sempre que olhava o mar e orgulhava-se muito disso.

Acreditava no amor, mas tinha vergonha da frase.

Às vezes falava sozinho, mas só às vezes.

Preferia tristeza à agonia.

Todas as noites, entre oito e dez e meia, era visto andando de um lado para o outro da rua, método que tinha inventado para acabar de vez com a preocupação de fazer a volta de repente, quando achava que já tinha andado o suficiente. (Preferia que ninguém percebesse que ele não tinha para onde ir.) Enquanto andava, repetia dentro da cabeça incessantemente a palavra ecumênico sem ter a menor ideia da razão pela qual fazia isso.

Durante o dia o Doido da Garrafa trabalhava numa multinacional, era sujeito bem-visto, supervisor de departamento, ganhava um bom salário e gratificações que entregava para a mulher aplicar em fundos de investimento.

No fim do ano ia trocar de carro.

Era excelente chefe de família.

Não era mais doido do que as outras pessoas do mundo, mas sempre que ele passava as outras pessoas do mundo pensavam, lá vai o Doido da Garrafa, e assim se esqueciam das suas próprias garrafas um pouquinho.

O homem que só tinha certezas

Nem o homem feliz de Maiakovsky nem o homem liberto de Paulo Mendes Campos, resolvi imaginar outra improbabilidade. Digamos que aparecesse agora, justo aqui no Brasil, no Rio de Janeiro, mais exatamente, bem aí na sua frente, um homem que só tivesse certezas.

O homem que só tinha certezas quase nunca usava ponto de interrogação, e em seu vocabulário não constavam as expressões: talvez, quiçá, quem sabe, porventura.

Parece que foi de nascença. Ele já teria vindo ao mundo assim, com todas as certezas junto, pulou a fase dos porquês e nunca soube o que era curiosidade na vida. Na escola, era uma sensação. Mas não ligava muito pra isso não. E cresceu achando muito natural viver derramando afirmações pela boca. Tinha resposta pra tudo, o homem que só tinha certezas, mas o maior orgulho do homem eram as certezas mais duvidosas que ele tinha. A certeza de que o mais fraco ia vencer, de que as coisas iam melhorar, de que o desenganado ainda teria muitos anos pela frente.

A notícia espalhou-se rapidamente. Como ele vivia no meio de pessoas, e pessoas vivem cheias de dúvidas, logo começaram a pedir sua opinião para os mais diversos assuntos, os triviais e os de grande importância, e ele, certo de que podia viver muito bem de suas certezas, virou um consultor. Pendurou em sua porta uma placa onde estava escrito "Consultor de tudo" e o negócio foi crescendo aos pouquinhos. Devido ao boca a boca favorável de clientes e a um único anúncio no rádio, passou a atender, sem nenhum exagero, milhares de pessoas por dia, até que limitou o número de consultas diárias para quatrocentos e oitenta, um minuto e meio por pessoa, o que era mais do que suficiente para uma resposta certa desde que a pergunta não fosse muito longa.

Chegava gente do país inteiro e depois de outros continentes, pessoas comuns, pessoas ilustres, todas elas indecisas, mas cada pessoa só tinha direito a uma pergunta por consulta, o que as deixava mais indecisas ainda. Certa vez uma moça chegou na dúvida se devia perguntar primeiro sobre o amor ou o trabalho, no que o homem respondeu, sobre o amor, é claro, senão você não vai conseguir trabalhar direito, e deu por encerrada a consulta. O homem que só tinha certezas aconselhou um garoto tímido a tomar quatro cervejas, encorajou um político receoso a aprovar um projeto esquisitíssimo que se destinava a melhorar a vida dos homens, avisou a uma senhora preocupada com os anos que no caso dela nada melhor do que beijos na boca, desentorpeceu um rapaz doente de amor por uma mulher que gostava de outro, convenceu o ministro da fazenda de que ou o dinheiro era pouco, ou eram muitos os homens, ou ele estava louco, ou alguém tinha se enganado nas contas.

Não demorou muito para se tornar capa de todas as revistas e personagem assíduo dos programas de TV. Para cada pergunta havia uma só resposta certa e era essa que ele dava, invariavelmente, exterminando aos pouquinhos todas as dúvidas que existiam, até que só restou uma dúvida no mundo: será que ele não vai errar nunca? Mas ele nunca errava, e já nem havia mais o que errar, uma vez que não havia mais dúvidas.

Num mundo que só tinha certezas, o homem que só tinha certezas virou apenas mais um homem no mundo. Melhor assim, ele pensava, ou melhor, tinha certeza.

Um dia aconteceu um imprevisto, e o homem que só tinha certezas, quem diria, acordou apaixonado. Para se assegurar de que aquela era a mulher certa para ele, formulou cento e vinte perguntas, que ela respondeu sem vacilar, mandou fazer mapas do céu, exames de sangue, contagem de triglicerídeos, planilhas complicadíssimas e finalmente apresentou a moça à sua mãe e ao seu cachorro. Os dois se amaram noites adentro, foram a Barcelona, tiraram fotos juntos, compraram álbuns, porta-retratos, garfos, facas, um escorredor de pratos, tiveram filhos e tal, e, desde então, por alguma razão desconhecida, o homem que só tinha certezas foi perdendo todas elas, uma por uma. No início ainda tentou disfarçar, por via das dúvidas, quem sabe era um mal passageiro? Mas as dúvidas multiplicavam-se como praga (dúvidas se multiplicam?), espalharam-se pelo mundo, e agora, meu Deus? Deus existe? Existe sim. Ou será que não? Ele não estava bem certo.

Ramsés Terceiro

O nome dele era Ramsés Terceiro Gonçalves de Souza, mas quando o povo chamava "Zé", ele vinha na hora. É que lá em São Miguel dos Milagres não havia quem decorasse nome tão qualificado, "Ramsés de quê, menino?". Cresceu subindo no coqueiro e escutando conversa de turista: isso aqui sim é o paraíso. Achava uma grande besteira. Qualquer lugar é o paraíso com essa lourinha ao lado, moço, me desculpe.

Parou de estudar na quinta, ou foi na sexta, mesmo assim ainda lembrava o nome das capitais de cada estado brasileiro, de Mato Grosso do Sul inclusive.

Um belo dia irritou-se, saiu de São Miguel e foi pra Maceió, ele mais seu primo Neílson. Desse, nunca mais ouviu falar, se não morreu, esqueceu-se dele. Vai ver foi isso.

O problema de Maceió é que lá era grande mas era pequeno, portanto veio morar no Rio de Janeiro.

Foi em 1994, não havia de esquecer, no dia em que o Brasil ganhou o título. O italiano lá errou o gol, ele tomou mais uma, comprou a passagem e quando acordou já estava naquele Itapemirim amarelo assim, "Maceio-Rio de Janeiro".

No que chegou, ligou logo para a mãe, "adivinha onde é que eu tou?", ela não havia de adivinhar era nunca. "Só não me diga que é no manicômio", ô mulher pessimista, dona Maria do Socorro.

Arranjou um bico aqui, outro ali, acabou ajudante de pedreiro num prédio enorme de tão grande, emprego certo que durou vários meses. De lá pra cá não parou mais. Foi porteiro, eletricista, camelô, ladrão de carro, motoboy, evangélico e balconista de loja, só não lembra em que ordem exatamente. Mandava dinheiro para casa, quando dava, e ainda conseguiu juntar novecentos e cinquenta.

Quando ia completar vinte e nove anos, tempos atrás, resolveu passar o aniversário em casa. Era saudade da família. Foi pra São Miguel sem avisar, mas quem levou o susto foi ele.

Descobriu que não tinha vinte e nove, tinha trinta e quatro, e que seu aniversário não era aquele dia.

Dona Socorro contou tudinho com a maior sinceridade. Esqueceu de registrar o menino, passaram-se anos, mais cinco nasceram, e ela acabou perdendo a lembrança do dia exato do seu nascimento.

— Acho que foi lá pro fim do mês, só não me lembro de qual mês — disse. — Se não me engano, você é filho de Seu Tabosa da venda, e como eu fiquei com ele por três anos, de 64 a 67, portanto você nasceu em 65.

— Em 70 não era melhor não, mãe? — Pelo menos era o ano da Copa, mas, como dona Socorro já tinha tomado oito cervejas, não adiantava perguntar mais nada. Conformou-se.

Desde então procura seu horóscopo em todos os signos e aquele que parecer mais, ele acredita. Muitas vezes dá

Sagitário, geralmente. No dia em que leu "clima propício para o amor", conheceu uma moreninha na Central-Rodoviária que despertou seu interesse, parece até mentira. Montaram casa, compraram colchão, mesa, cadeira, e até almoço ela fazia. Era amor pra duzentos anos, ele dizia. Engano seu. Oito meses depois ela se foi.

Rodou foi tudo procurando a peste, de casa em casa, de bar em bar, não é que ela já estava com outro? Encontrou os dois na parada de ônibus.

Não tinha a intenção de agredir ninguém, o miserável é que veio pra cima dele.

Fugiu com a ideia concentrada apenas em não ficar louco, coisa que se tornava cada vez mais difícil com aquele inferno na lembrança, a cabeça do miserável na pedra, o sangue correndo e uma velha gritando: "Meu Pai, Nosso Senhor!". Pra que tanta gritaria?

Esse negócio de complexo de culpa é complicado mesmo, realmente. Ela é que arranjou outro, o outro é que partiu pra cima dele, e quem se arrependeu foi ele próprio, vê se pode, porque o tal do miserável ficou um pouco abaixo do juízo depois de todo o acontecido.

Desse dia pra cá não encontrou mais nenhum dos dois, graças a Deus. Parece que depois ela conheceu um gringo e hoje está pros lados da Alemanha, ou coisa parecida, isso é problema lá dela.

Nunca mais ligou pra mãe, nem arrumou emprego certo, nem quis saber de mulher fixa. Em compensação passou a comemorar seu aniversário todos os dias do ano, de segunda a domingo.

Tomava conta de um carro aqui, arranjava uma coisa ali, vendia lá, deixou o cabelo crescer, voltou a fumar e a beber, tinha um batimento cardíaco triste, até que deu pra conversar com cachorro vira-lata, conversa besta. Não é que o infeliz do cachorro era tão sem esperança que chegou a lhe convencer que a vida não prestava?

Atualmente, Zé tem a impressão de que está com trinta e sete anos completos. Desde abril está no manicômio. Toda noite reza pra São Miguel dos Milagres. Está só esperando.

Quando fala que seu nome é Ramsés Terceiro, comentam que ele é doido.

Garçom!

Para ele, as mulheres dividiam-se em dois tipos: as que dividiam os homens em dois tipos e as que não dividiam. E ela era o tipo de mulher que dividia os homens em dois tipos: os que sabiam chamar o garçom e os que não sabiam. Ele não sabia chamar o garçom. Nunca soube. Nem chamar o garçom, nem pedir abatimento, nem passar conversa no guarda, nem descolar convite pra festa, nem entender as mulheres, nada disso ele sabia. Também não sabia se ela dividia mesmo os homens em dois tipos, pelo menos não tinha certeza, nenhuma prova concreta. Só intuía.

Mas, como homens que não sabem chamar o garçom na maioria das vezes têm ótima intuição, tudo levava a crer que ele estava perdido.

Logo mais eles iam sair juntos pela primeira vez. Ele ia pegá-la em casa (já tinha até feito uma lista de assuntos para conversar durante o caminho), finalmente haviam de chegar ao restaurante, iam sentar numa mesinha agradável num cantinho aconchegante (os cantinhos aconchegantes são sempre os de mais difícil acesso), e, então, se Deus ajudasse, o garçom ia se aproximar espontaneamente para anotar o pedido das bebidas. Logo depois ia trazer uma vodca para ele e uma taça de vinho branco para ela (ela era o tipo de mulher que pede uma taça de vinho branco, infelizmente, devia pedir logo uma garrafa inteira) e depois ia sumir novamente, o garçom, às vezes eles somem mesmo. Enquanto a taça dela estivesse até a metade, ele ainda ia ter algum sossego. Mas assim que a taça estivesse mais vazia do que cheia, sinal de que o momento fatal não tardava a chegar, ele não ia pensar em outra coisa a não ser "tenho que chamar o garçom".

E como é que se chama um garçom, minha Nossa Senhora? É fácil. Um simples gesto. Levanta-se qualquer uma das mãos acenando delicadamente. Só isso. É claro que o garçom não ia ver. Acontece. Mas se ele tentasse de novo, e mais uma vez, se passasse a noite inteira tentando, sempre com forte pensamento positivo, não era possível que uma hora o garçom não visse, mesmo que fosse míope e que tivesse esquecido os óculos em casa. Ainda restava a esperança de que outro garçom, mais atento, avisasse o colega. Afinal, não é tão impossível assim alguém ver um homem acenando a noite inteira, com forte pensamento positivo, dentro de um pequeno restaurante.

Imagine-se que ele obteve sucesso, e o garçom finalmente respondeu ao seu chamado. Ele pediria outra taça de vinho para ela, podia até pedir logo as três próximas, aproveitava e já pedia o cardápio.

Imagine-se agora que a taça dela esvaziou, ele acenou, nada, acenou outra vez, horas seguidas, ela ficou querendo outra, o garçom não viu, ela desistiu do vinho e disse: vamos pedir logo os pratos? Vamos. E como é que se faz para pedir os pratos? Pede-se o cardápio. Isso! Chamando o garçom.

E como é que se chama um garçom, minha Nossa Senhora? Talvez ele tivesse que apelar para o grito. "Companheiro!" Não. "O cardápio, Mestre!" Pior. "Ô, meu querido, a gente queria dar uma olhadinha no cardápio." Era melhor morrer.

"Garçom!", pura e simplesmente, ainda era a melhor opção, em se contando com a sorte de ser ouvido. Se tudo desse certo, exibiria a mão esquerda aberta, como se estivesse segurando um cardápio imaginário, e faria um movimento vertical com a direita, como se varresse o cardápio, que não estava na mão esquerda, de cima a baixo. Ou até diria "o cardápio, por favor!", frase que, sejamos autocomplacentes, não chega a matar ninguém.

O cardápio chegou, imagine-se. Então, era torcer para ela escolher logo o prato antes que o garçom se fosse outra vez. Escolheu. Pediu. Graças a Deus. Agora ele teria a refeição inteira para pensar na maneira menos trágica de pedir a conta. Escrevendo uma suposta conta com uma caneta imaginária? O garçom não ia ver, é óbvio. E se pedisse a conta junto com os pratos? Não. Ela podia querer uma sobremesa. Quem sabe até, depois, um cafezinho.

Resolveu ligar para ela. "Não dá pra continuar lhe enganando. Eu sou o tipo de homem que não sabe chamar o garçom. Pronto. Confessei. Se você quiser desmarcar o encontro, pode desmarcar, eu compreendo."

E ela, que era o tipo de mulher que acreditava que só existia um tipo de homem, o que engana as mulheres, não só confirmou o encontro como ainda escolheu o vestido mais decotado que tinha.

O casal da mesa 9

Eles não têm dia certo pra aparecer, não têm hora pra chegar, não têm hora pra sair. Não têm amigos nem inimigos. (Até onde se sabe.) Não têm a menor importância. Transitam pelo salão o mínimo possível (estritamente para ir ao banheiro) e demonstram certa cerimônia com o ambiente.

Até parece que não é com eles a alegria das moças, a boa vontade dos maridos, o movimento dos garçons, os espelhos nas paredes, a aflição dos abandonados, a euforia dos bêbados, a solidão dos velhinhos, a opinião dos outros, a sabedoria alheia, as discussões políticas, o carpete velho e verde, o barulho da coqueteleira, os celulares que tocam, os brincos, os anéis, as pulseiras, um ou outro olho que brilha, alguns casais que trocam beijos, as piadas dos grupos, as risadas, as garrafas de champanhe que estouram, a mesma música de sempre.

Na verdade, eles não têm nada a ver com aquele bar.

Ficam sempre na mesa 9, no canto deles, e logo já estão envoltos pela fumaça que produzem, embalados num assunto qualquer, levemente embriagados no começo.

Ele fala, ela responde, ou vice-versa.

Riem muito.

Às vezes.

Às vezes ficam graves. Pensativos. Circunspectos. Algumas noites bebem mais, noutras noites bebem menos. De vez em quando pedem um prato. Ou dois. Mas não pedem sobremesa. Um cafezinho, um licor, a conta, só isso. Sempre deixam alguma gorjeta. Que mais se pode dizer deles? Não muito. Atravessam a porta de vidro que separa o bar do resto do mundo e deixam a vida lá fora.

Aí o *maître* avisa ao garçom: "O casal da mesa 9!", e o garçom se prepara, traz uma água, uma marguerita, um uísque com pouco gelo.

Tem semana que eles vêm no sábado.

Tem semana que vêm na terça.

Tem semana que eles nem aparecem.

O que será que estão fazendo?

Será que ela tem uma filha? Será que ele tem talento? Será que são namorados? Amantes? Será que faz diferença? Quem sabe têm uma família? Talvez tenham desavenças.

Pode ser que ele seja médico, engenheiro, importante, louco, artista, poeta, alegre, triste, ciclotímico, centroavante, lunático, remador, excelente pianista, fanático por bolas de gude, descendente de italianos, comunista, paulista, flamengo doente.

E se ela for fluminense? E se for chata? Estressada. Mal-humorada. Tensa. E se for bem-sucedida? Devota de Santa Terezinha? Será que ela gosta de gatos? Será que tem sinusite? E se for especialmente romântica? E se odiar poesia? E se for um amor de pessoa? E se ele for embora um dia?

Quem sabe?

Sabe-se deles apenas que chegam sozinhos e sentam na mesa 9 sempre.

Aí começam: sonho, riso, abraço, lembrança, novidade, beijo, devem ser muito felizes.

Isso é o que se imagina. Mas ninguém pode ter certeza.

Olhando assim parece que eles não têm procedência nem destino.

Não têm nada além daquele instante.

São um durante uma imagem, um enquanto, ali dentro.

Se não estão na mesa 9, é como se não existissem.

Será que a vida deles continua da porta de vidro pra fora, nos outros dias da semana?

Será que eles existem mesmo?

Ou será que são só *delirium tremens*?

DA CRIAÇÃO

Palavras

As gramáticas classificam as palavras em substantivo, adjetivo, verbo, advérbio, conjunção, pronome, numeral, artigo e preposição. Os poetas classificam as palavras pela alma, porque gostam de brincar com elas, e pra brincar com elas é preciso ter intimidade primeiro. É a alma da palavra que define, explica, ofende ou elogia, que se coloca entre o significante e o significado pra dizer o que quer, pra dar sentimento às coisas, pra fazer sentido. Nada é mais fúnebre do que a palavra fúnebre. Nada é mais amarelo do que o amarelo-palavra. Nada é mais concreto do que as letras c, o, n, c, r, e, t, o, dispostas nessa ordem e ditas dessa forma, assim, concreto, e já se disse tudo, pois as palavras agem, sentem e falam por elas próprias. A palavra nuvem chove. A palavra triste chora. A palavra sono dorme. A palavra tempo passa. A palavra fogo queima. A palavra faca corta. A palavra carro corre. A palavra palavra diz. O que quer. E nunca desdiz depois.

As palavras têm corpo e alma, mas são diferentes das pessoas em vários pontos. As palavras dizem o que querem, está dito, e pronto. As palavras são sinceras, as segundas intenções são sempre das pessoas. A palavra juro não mente. A palavra mando não rouba. A palavra cor não destoa. A palavra sou não vira casaca. A palavra liberdade não se prende. A palavra amor não se acaba. A palavra ideia não muda. Palavras nunca mudam de ideia. Palavras sempre sabem o que querem. Quero não será desisto. Sim nunca jamais será não. Árvore não será madeira. Lagarta não será borboleta. Felicidade não será traição. Tesão nunca será amizade. Sexta-feira não vira sábado nem depois da meia-noite. Noite nunca vai ser manhã. Um não será dois em tempo algum. Dois não será solidão. Dor não será constantemente. Semente nunca será flor. As palavras também têm raízes, mas não se parecem com plantas, a não ser algumas delas, verde, caule, folha, gota.

As células das palavras são as letras. Algumas são mais importantes do que as outras. As consoantes são um tanto insolentes. Roubam as vogais pra construírem sílabas e obrigam a língua a dançar dentro da boca. A boca abre ou fecha quando a vogal manda. As palavras fechadas nem sempre são mais tímidas. A palavra sem-vergonha está aí de prova. Prova é uma palavra difícil. Porta é uma palavra que fecha. Janela é uma palavra que abre. Entreaberto é uma palavra que vaza. Vigésimo é uma palavra bem alta. Carinho é uma palavra que falta. Miséria é uma palavra que sobra. A palavra óculos é séria. Cambalhota é uma palavra engraçada. A palavra lágrima é triste. A palavra catástrofe é trágica. A palavra súbito é rápida. Demoradamente é uma palavra lenta. Espelho é uma palavra prata. Ótimo é uma palavra ótima. Queijo é uma palavra rato. Rato é uma palavra rua. Existem palavras frias como mármore. Existem palavras quentes como sangue. Existem palavras mangue, caranguejo. Existem palavras lusas, Alentejo. Existem palavras itálicas, *ciao*. Existem palavras grandes, anticonstitucional. Existem palavras pequenas, microscópico, minúsculo, molécula, partícula, quinhão, grão, covardia. Existem palavras dia, feijoada, praia, boné, guarda-sol. Existem palavras bonitas, madrugada. Existem palavras complicadas, enigma, trigonometria, adolescente, casal. Existem palavras mágicas, shazam, abracadabra, pirlimpimpim, sim e não. Existem palavras que dispensam imagens, nunca, vazio, nada, escuridão. Existem palavras sozinhas, eu, um, apenas, sertão. Existem palavras plurais, mais, muito, coletivo, milhão. Existem palavras que são palavrão. Existem palavras pesadas, chumbo, elefante, tonelada. Existem palavras doces, goiabada, *marshmallow*, quindim, bombom. Existem palavras que andam, automóvel. Existem palavras imóveis, montanha. Existem palavras cariocas, Corcovado. Existem palavras completas, elas todas.

Toda palavra tem a cara do seu significado. A palavra pela palavra tirando o seu significado fica estranha. Palavra, palavra, palavra, palavra, palavra, palavra, palavra, palavra, palavra, palavra, palavra, palavra, palavra, palavra não diz nada, é só letra e som.

Brutalidade

"Assalto seguido de tentativa de homicídio em praia paradisíaca."
Será que o mundo agora enlouqueceu de vez?
"Adolescente assassinado durante *blitz*."
Calma.
"Preso torturado na cela."
Alguma coisa deve estar errada.
"Tiroteio entre PMs e bandidos para a Avenida Brasil."
Isso aqui não é uma página policial.
"Confirmado: turistas foram enterrados vivos."
Ali em cima não está escrito "crônica"?
"Bala perdida mata mulher grávida."
Então é uma crônica que você tem que escrever.
"Sequestrador mata dois policiais e faz um refém."
Crônica. Esqueceu como é?
"Aguarde mais notícias sobre a tragédia depois do intervalo comercial."
Vê no dicionário.

Verbete: **crônica** [Do lat. *chronica*.] S.f.
1. Narração histórica, ou registro de fatos comuns, feitos por ordem cronológica.

2. Genealogia de família nobre.

3. Pequeno conto de enredo indeterminado.

4. Texto jornalístico redigido de forma livre e pessoal, que tem como temas fatos ou ideias da atualidade, de teor artístico, político, esportivo etc., ou simplesmente relativos à vida cotidiana.

Olha aí, número 4: texto que tem como tema fatos relativos à vida cotidiana. Lá vai.

"Artista ferido durante assalto perde a visão."

Escolhe o número 3.

"Vereadora desvia salário de funcionários."

Escreve uma ficção, vai.

"Poeta é assassinado dentro de casa."

Ninguém aguenta mais a realidade.

"Assassinos de poeta aguardam julgamento em liberdade."

Podia ser uma aventura.

"Luta de gangues faz mais uma vítima."

De preferência alguma coisa mais alegre.

"Final de semana sangrento no país inteiro acaba com vários mortos e feridos."

Uma história de amor?

"Teste de fidelidade. Vai continuar a ver o seu marido com outra ou vai desistir?"

Mas uma história de amor que termine bem, por favor.

"Casal revela todos os detalhes da sua reconciliação e posa junto com exclusividade."

Esquece o amor. Tenta, sei lá, uma ficção científica.

"Moradores de condomínio podem ter sido contaminados por substância tóxica."

Essa não.

"Descoberta nova falcatrua de ex-senador."

Também não.

"Dólar volta a disparar e bate novo recorde."

Quem sabe uma história infantil?

"Mais um atentado em escola da rede pública."

Já sei! Qualquer coisa com coelhinhos brancos dançando alegremente no Vale da Felicidade.

Eram dois coelhinhos brancos dançando alegremente no Vale da Felicidade. Um abriu o jornal, o outro ligou a televisão, e acabou a história.

Que não daria eu por essa ideia?

A Elegia da lembrança impossível, de Jorge Luis Borges (*Obras Completas*, v. III, p. 137), é um poema que propõe um jogo inesgotável. "Que não daria eu pela memória..." é como começa. A partir daí o poeta lamenta a impossibilidade de se lembrar de momentos que não viveu, mas gostaria de ter vivido. As não memórias de Borges relatam desde um discurso de Sócrates que ele não presenciou até uma declaração de amor que não ouviu de alguém, o que tornaria uma certa autora, talvez, a mais feliz de todas.

Enquanto todo mundo imagina um futuro, ele imagina um passado.

Quem jamais se imaginou daqui a alguns anos mais bem-sucedido, muito bem acompanhado, trabalhando menos, ganhando mais e com três quilos abaixo do peso atual?

Quem não perdeu horas pensando nas possíveis respostas de uma possível entrevista que um dia, quem sabe, será publicada no *The New York Times*?

Quem nunca planejou o que faria com o prêmio de dezessete milhões da Sena?

Qualquer futuro que se imagine não chega a ser impossível, por mais improvável que seja.

Mas um passado que não aconteceu jamais terá acontecido.

Por isso, a brincadeira de imaginar pra trás, em vez de imaginar pra frente, é tão livre.

Que não daria eu por essa ideia.

Sair inventando por aí possibilidades impossíveis.

Recordar mentiras que poderiam ter mudado tudo.

Vislumbrar o futuro ao contrário.

Reconstruir a partir de um passado imaginário outro presente.

Ou então fazer poesia do que não aconteceu, somente.

Que não daria eu pela memória de uma menina menos magra e de uma moça menos tímida.

De um *show* dos Beatles em Liverpool.

De um curso de fotografia em Paris.

De um primeiro beijo à luz negra, numa garagem.

De mais de mil rosas vermelhas, uma manhã aí.

De uma noite perdida inventando um futuro que não era esse.

Da melhor crônica do mundo que eu nunca escrevi.

De um pressentimento que deu certo, de uma intuição exata (bem que eu disse!), da aparição de um fantasma, de um voo de asa-delta, do tempo em que eu era surfista.

Que não daria eu pela memória de um vira-lata que eu encontrei na rua, e que me seguiu até em casa, e que ficava o dia inteiro me esperando, e que abanava o rabo quando eu chegava, e que dormia comigo na minha cama, e que um dia teve oito filhotes, quatro meninos e quatro meninas, cada um mais lindo que o outro.

De um chapéu igual ao da Jackie.
De uma boca igual à da Brigitte.
De um sorriso igual ao da Ingrid.
De um vestido igual ao da Rita.
De um macacão Lee desbotado.
De um guarda-chuva florido.
De uma mala de couro cheia de etiquetas coloridas.
De um trem, numa estação, onde foi? Não lembro mais.

Que não daria eu pela memória de um encontro com Borges que não aconteceu anos atrás.

E do momento em que eu não tive a ideia, não tomei coragem e não sugeri pra ele: por que você não escreve uma elegia da lembrança impossível, Borges? (Éramos íntimos.)

E da resposta que ele não me deu: pra você escrever uma crônica sobre o tema daqui a muitos anos, menina. (Ele me chamava de menina na minha memória. Eu juro.)

Quando o telefone toca

Às seis e meia da tarde, depois de pensar por quase oito horas seguidas, de tomar sete xícaras de café e de fumar onze cigarros, o escritor finalmente teve uma ideia para a história.

A primeira frase saiu de uma vez só.

Ele teve apenas o trabalho de transcrever as palavras que já vieram prontas, de presente:

Georgia entrou no bar lotado decidida a tentar uma última vez.

Às vezes isso acontecia com ele, um momento de sorte, de iluminação ou de plágio.

Deve existir um assoprador de plantão para ajudar escritores sem ideias. Deus, quem sabe? Ou alguém contratado pelas editoras.

Ele sempre pensava isso quando era beneficiado pelo destino com palavras de graça.

Seja quem fosse o seu ajudante incógnito, emudeceu, e ele teve que continuar a escrever por conta própria. Afinal era um escritor, ora:

Procurou primeiro no balcão. Ele não estava lá. Começou a procurar mesa por mesa, desesperadamente, o coração descompassado e aflito nem sabia bater direito (os corações têm essa mania de fazer tudo errado quando a gente mais precisa deles).

Releu até aqui. Gostou. Já era um começo. Quando ia continuar, todo feliz, o telefone tocou. "Droga", o escritor pensou, "aposto que lá vem problema". Era o vizinho de baixo:

— Você pode dar uma descidinha aqui pra verificar pessoalmente o vazamento?

O escritor deixou Georgia lá e saiu resmungando: "Vazamento a essa hora?".

Ela ficou no bar lotado, com o coração descompassado e aflito, pensando, e agora?

Como é que continuava a história? Ela só sabia até ali. Seu nome era Georgia, tinha entrado no bar decidida a tentar uma última vez, procurou primeiro no balcão, ele não estava lá, começou a procurar mesa por mesa, desesperadamente, não sei que lá e tal e coisa.

E daqui pra frente? Daqui pra frente não sabia mais.

E dali pra trás? Georgia, então, deu uma ré no pensamento até onde conseguia alcançar, mas não chegou muito longe.

Sua história já começava de quando entrou no bar pra cá.

Dali pra trás, sabe-se lá. Não tinha um antes. Era feliz? Infeliz? Como saber?

Coitada de Georgia, personagem de uma crônica que teve que parar de repente. Será que o seu passado existia por aí em alguma cabeça, papel, pasta, gaveta, lixo, perdido em algum depósito das histórias não contadas? Será que tinha futuro? E se o escritor demorasse pra voltar e ela tivesse que ficar ali naquele bar indefinidamente? Olha só o problema. As histórias paradas existem? Não? Pelo menos existiram enquanto foram uma possibilidade? E nada de o escritor chegar. O jeito era continuar sozinha a partir dali.

Já estava ficando até chato, ela, naquele bar lotado, pra cima e pra baixo, feito uma louca. Uma pessoa sem objetivo claro, sem lembranças, sem nada, fora a informação de que estava à procura de alguém. De quem, meu Deus?

Quem era esse tal "ele" que ela estava procurando? Seria esse? Seria aquele? Quanta gente!

Se o escritor tivesse inventado um bar vazio ia dar menos trabalho.

Pelo menos ela sabia que "ele" não estava no balcão. Devia estar numa mesa, então. Em qual delas? O bar era muito grande, e o coração de Georgia batia "descompassado e aflito"; precisava desse detalhe irritante? Bem que ele podia ter escrito que ela estava calma, serena. Mas não. Inventou uma mulher nervosa, num bar lotado, havia inferno maior do que esse?

Havia. As pessoas não paravam de circular dentro do bar, de forma que "ele" podia muito bem ter saído da sua mesa pra ir ao balcão, ao salão ou ao banheiro. Como é que alguém (que não sabe quem é) pode encontrar alguém (que não sabe quem é) desse jeito?

Ela começou a perguntar, rapaz por rapaz: "é você?".

Eles não sabiam responder.

Na hora que inventou um bar lotado, o escritor criou um monte de gente com o mesmo problema. Ninguém sabia quem era, nem o que estava fazendo, nem as moças, nem os garçons, nem o porteiro, nem aquele rapaz ali, sozinho naquela mesa...

Espera. Será que "ele" era aquele? Tão simpático. Bonito. Interessante. Tão sozinho.

Georgia sorriu pra ele. Ele sorriu pra ela e convidou: "Quer sentar?".

Nesse momento o escritor voltou lá do vizinho. Droga de vazamento! Releu o que tinha escrito até ali. Essa história não estava com muita cara de que ia dar em alguma coisa, pensou.

Então deletou Georgia e o bar inteiro.

Insônia

Considerando-se que oito horas de sono é o ideal para uma pessoa, quase oito horas de sono deve ser quase o ideal. É lógico. Então, se eu conseguir dormir até a meia-noite e acordar amanhã às sete e vinte, está ótimo. Ou quase ótimo. Eu vou acordar feliz, bem disposta, extremamente capaz, praticamente recuperada. Se eu dormir até a meia-noite. Ainda tenho cinco minutos. Cinco minutos é tempo de sobra pra uma pessoa pegar no sono, quer ver? Vou pegar no sono em cinco minutos. Boa noite. Estou quase dormindo. Quase. Dormi. Não dormi? Acho que não. Mas vou dormir agora. Senão os pensamentos começam a entrar na minha cabeça e, aí, minha filha, nunca mais. Um pensamento puxa outro, que puxa outro, que puxa outro, parece até que pensamento tem corda. O negócio é não deixar entrar o primeiro, tá vendo? Foi só começar a pensar em não pensar e quando eu vi já estava pensando em pensamento com corda. E de corda pra acorda é um pulo. E é melhor eu não pensar em acordar, senão eu não consigo dormir. E eu preciso estar inteira amanhã. Ou vai ser uma tragédia. Calma, também não é assim. Eu ainda tenho cinco minutos pra pegar no sono. Se bem que agora já não faltam mais cinco, quantos minutos se passaram até agora? Esquece e dorme. Boa noite. Dormi. Não dormi? Se eu tivesse dormido não estaria pensando se dormi ou não dormi. Estaria dormindo. Isso prova que eu não dormi ainda. Amanhã vou acordar um lixo. E eu tenho um dia dificílimo pela frente, com uma lista enorme de coisas pra resolver: vinte minutos de meditação ao acordar, ginástica às oito, reunião às dez em ponto, consertar o carburador do carro, desmarcar o dentista, comprar tinta pra impressora, ligar pro Geraldo... esquece o Geraldo e dorme. Você já trancou a porta, já fechou o gás, já tomou seu banho, já foi na cozinha, já bebeu seu leitinho quente, já pensou em quantas calorias tem um copo de leite quente, você já se preocupou demais por hoje. Você precisa dormir. Isso. Eu preciso dormir. Então, boa noite. Tem certeza de que eu tranquei a porta? Tranquei, sim. Tenho certeza. Fechou o gás? Claro. Não lembra? Logo depois do banho. Fechei o gás, fui na cozinha, bebi meu leitinho quente, quantas calorias tem um copo de leite? Eu não devia ter botado açúcar pra depois não ficar culpada. Depois eu fico culpada. Agora eu vou dormir. Já me preocupei demais por hoje e por amanhã... Não, eu não vou pensar no que tenho que fazer amanhã. Tenho um dia dificílimo pela frente, com uma lista de coisas pra resolver, e se eu não dormir até meia-noite e meia, uma hora, vou terminar pulando a meditação. É uma opção. Faço ginástica às oito e de lá vou direto pra reunião, às dez em ponto, no centro da cidade, vou de carro ou vou de táxi? Amanhã você resolve isso. Certo. Eu resolvo isso amanhã. Boa noite. Mas eu já tenho coisa demais pra resolver amanhã, assim não vai dar tempo. Será que não é melhor ir pro centro da cidade de táxi pra poder ir resolvendo outras coisas no caminho? Está resolvido. Amanhã eu resolvo o resto. Boa noite. Se eu conseguir dormir até uma e meia e acordar às nove, já está bom. Pulo a meditação, falto à ginástica, pego um táxi pro centro da cidade e aí só falta resolver o resto da vida. Mas eu tenho o dia inteiro pra resolver tudo. Ligar pro Geraldo, terminar o relatório, passar no supermercado, chamar o homem da televisão, esquece o homem da televisão e dorme. Já deve ser bem mais de uma. Olho o relógio ou não olho? Se eu olhar e for muito tarde, vou ficar nervosa. Mas, se eu não olhar, vou ficar imaginando que é mais tarde do que é na verdade e fico mais nervosa ainda. Esquece o relógio e dorme. Boa noite. Eu não vou pensar em amanhã, não vou pensar em hoje, não vou pensar nas horas, não vou pensar em nada. Nadinha. Um nada absoluto. Pensar em nada é pensar em alguma coisa? Olha aí eu pensando de novo. É por isso que eu não durmo. Durmo sim. Quer ver? Vou contar carneirinhos. Um carneiro, dois carneiros, três carneiros, quatro carneiros, pronto, agora o quinto carneiro enganchou e não quer entrar no meu pensamento. Vem, carneiro. Por favor. Tá fazendo o que aí fora? Arranjou uma namorada, foi? Então já são mais dois carneiros, ele e a namorada, fora os filhotinhos que eles podem ter, olha só que maravilha, vão ser não sei quantos carneirinhos pra contar. Eu vou dormir na hora. Venham, carneiros. Um de cada vez. Podem entrar. Esses carneiros estão de implicância comigo. Eu estou começando a me irritar. Daqui a pouco eu cometo um carneiricídio. Assim que eles entrarem. O problema é que eles não entram. Esquece os carneiros e dorme. Será que, se eu pensar em capim, os carneiros entram pra comer o capim? Capim. Capim. Capim. Capim. Carneiro come capim? Esquece o capim e dorme. Já devem ser quase duas e você aí acordada. Amanhã vai estar um lixo. Eu não vou estar um lixo amanhã pela simples razão de que vou dormir agora, quer ver? Boa noite, dormi, não dormi?, ainda não. Mas vou dormir imediatamente. É só não pensar em amanhã, porque amanhã eu tenho um dia dificílimo pela frente com uma lista de coisas pra resolver: chamar o homem da televisão, comprar queijo ralado, dar uma passadinha no laboratório pra buscar os exames, descobrir se carneiro come capim, eu não acredito que já é de madrugada e eu estou aqui pensando em capim, esquece os pensamentos e dorme, vou dormir, você não pode pensar em amanhã, eu não vou pensar em amanhã, não vou mesmo, de jeito nenhum, amanhã eu tenho um dia dificílimo com uma lista de coisas pra resolver: descobrir se carneiro come capim...

DE CARTAS

A carta

Prezada Nena,

Espero que esta lhe encontre gozando de muita saúde assim como todos os seus.

Nem três meses faz que a gente chegou aqui e já deu pra reparar que as diferenças daí são muitas, porém são muitas também as parecenças.

Esse Rio de Janeiro é tão amostrado, Nena, que parece até que a gente tá na França, de tanto canto lindo que aparece. Por outro lado, tem hora que dá pra jurar que aqui é aí, tamanha a desgraceira. O povo daqui, sendo rico ou sendo pobre, fala igualmente alto. Só não sei o motivo de tanta gritaria, se é falta de alegria ou se é falta de tristeza.

O Maracanã é grande mesmo e se a pessoa for arrodear ele a pé leva bem meia hora, Nena.

A Lagoa por fora é uma beleza, infelizmente é estragada por dentro.

O que você não ia acreditar era em cada túnel, não sei quantos, devido ao fato de aqui ter muita pedra. O Cristo Redentor quando acende lá em cima é todinho o Cristo Redentor, exato como ele aparece nas novelas. Já o Pão de Açúcar, esse de fato são dois, o maior e o menor, mesmo tendo nome de um apenas. Se Nossa Senhora me der um tantinho assim mais de coragem, juro que ainda tomo aquele bonde. O céu daqui fica muito mais perto do chão do que o daí. É só olhar pro topo dos prédios e lá está ele parado, logo ali em cima, diariamente. Dia que tem nuvem só se enxerga o pé do morro. Noite que tem chuva só se escuta a choradeira. A gente vai levando como Deus quer e consente, ora é uma coisa, ora outra, ora nem uma coisa nem outra e é aí que o negócio pega. De trabalho mesmo só me apareceu uma faxina dia de quarta na casa de uma mulher que mora em Copacabana. Ela não paga muito, não, em compensação tem tanta prata que dá até gosto limpar tudo e depois empilhar bem direitinho.

Avise a Neto que quando as coisas melhorarem eu começo a juntar dinheiro pra comprar o celular dele. Quem sabe até o fim do ano eu deposito uns duzentos. Mande dizer o número da conta, mas copie com cuidado que de outra vez o algarismo veio errado e foi uma agonia de vai no banco e volta não sei quantas vezes, isso que você não avalia o tamanho da fila.

Não fosse a perna de mãe que não desincha nem com antibiótico nem com rezadeira, de resto tudo tá mais ou menos nos conformes. Só não sei dizer o que é pior, se é o custo de vida ou a saudade, pois aqui não tem cheiro de cana, Nena, e até hoje não vi um único pé de algaroba pra chorar mais eu, portanto tenho que chorar sozinha.

Eu continuo procurando um quarto grande que dê nós quatro dentro, pois morar de favor na casa dos outros além de ser bastante desagradável ainda por cima é ruim demais. Por mais que se ajude na despesa e no serviço, pensa que resolve? Olhe que se tem coisa que eu não sou é desagradecida, mas tia Carminha vive de cara feia, e as meninas reclamam de tudo, é um aperto danado, imagine só o desmantelo. Tem dia que eu me dano a andar cidade afora somente pra não escutar queixa por queixa. Esquecendo as desavenças, vai se indo.

Para o mês, Mariinha completa quinze anos. Na ausência de festa, faz-se um bolo. Ela está namorando um rapaz muito direito, que toma conta de carro em rua de rico, embora eu pense que ela ainda não esqueceu Zé Geraldo aí do posto. Júnior arrumou emprego, mas desarrumou em seguida e tá parado no momento. Eu mesma já repeti mais de mil vezes pra ele largar de ser desleixado e tratar logo de aprender a mexer em computador, pois hoje em dia quem não se entende com o dito não arranja nada decente nessa vida. Pelo visto, ele puxou mesmo ao pai, inclusive na leseira.

Por falar no desinfeliz do pai dele, já bati a cidade inteira e ainda não encontrei o homem, também como é que eu ia adivinhar que o Rio de Janeiro era tão grande?

Tenho pra mim que ele tava era me enganando o tempo todo com essa conversa de mandar buscar a gente no Natal, ou então não teria escrito o endereço errado, que essa tal rua que ele falou nem existe, Nena.

Se eu encontrar o triste, ligo a cobrar avisando. Dia de domingo é mais barato. Mesmo não encontrando, ligo de todo modo, uma vez que, com homem ou sem ele, a vida segue.

Nena, não se esqueça de aguar minhas plantas nem de dar de comer à Duquesa.

Deus lhe pague em dobro tudo que você fez por mim, por mãe e pelos meninos.

A sorte ajudando, dia desses eu tiro na raspadinha e mando passagem de leito pra você mais Neto virem conhecer o Rio.

Reze daí que eu rezo de cá.

Dê lembranças minhas a todos e aceite todo o carinho da sua eterna amiga,

Doris.

Mania de perseguição

Excelentíssimo Senhor Destino,

Venho por meio desta pedir encarecidamente a Vossa Senhoria que faça o favor de parar de me perseguir, fato este que vem ocorrendo de forma assídua e incansável (e às vezes bastante desagradável), desde que eu nasci até os dias de hoje. Os acontecimentos diários que me trouxeram ao atual estado de desespero em que me encontro são muitos (afinal, são diários), mas, se eu fosse tomar seu tempo listando aqui todas as vezes em que fui perseguido por Sua Excelência, o que seria do destino da humanidade? Por essa razão, serei breve.

Quis o Destino que o meu nascimento tenha ocorrido em pleno carnaval, época em que todos os médicos viajam. A coitada da minha mãe ficou horas sofrendo de trabalho de parto, pedindo a Deus que aparecesse alguém no hospital, uma parteira, uma vizinha, meu pai, uma visita (mesmo que fosse para o quarto do lado), qualquer um que resolvesse aquele problema: eu. Finalmente, às cinco da manhã, conseguiram arrastar um dermatologista fantasiado de índio diretamente do Baile dos Casados, e assim foi. Nasci. Estava um calor desgraçado. A roupinha bordada pela minha bisavó era de lã. Continuo alérgico.

Contava eu com apenas cinco dias de idade quando meu encantador primo Rodolfo, num lampejo de senso de justiça, concluiu que eu deveria participar mais ativamente da festa em comemoração ao meu próprio nascimento e me serviu uma mamadeira de feijoada com um pouco de cerveja. Continuo sofrendo de úlcera. Quando eu estava com sete meses, minha irmã mais velha me derrubou no chão (continuo com medo de altura); no meu primeiro aniversário, morri de medo do palhaço que contrataram (continuo com síndrome do pânico); com pouco mais de cinco anos, rolei a escada (continuo rolando vida abaixo); aos nove, o helicopterozinho que eu ganhei de Natal espatifou no meio da rua, só porque eu resolvi arremessá-lo do 12º andar.

Relevarei aqui os vários arranhões no joelho, topadas de toda espécie, tropeções, beliscões, recuperações em matemática e a infinidade de tragédias que ocorreram durante a minha adolescência, incluindo as espinhas e o fora que levei da Katya Regina. Levarei em consideração que, na década de setenta, o senhor estava muito ocupado com a ditadura e o destino do país. Mas não posso deixar de culpá-lo pela vergonha que passei quando o meu zíper quebrou no dia da minha formatura. Eu podia ter passado sem essa, não acha? Mesmo assim, serei compreensivo. Pouparei Vossa Excelência das queixas relativas ao século passado, Plano Collor, hiperinflação, o "passarinho quer dançar" no programa do Gugu, e outras chacinas.

O conteúdo deste documento se concentrará exclusivamente nos últimos tempos. Lá vai.

Dois mil e um. *Réveillon*: porre de cidra seguido de uma ressaca de três dias. Abril: prendi o dedo na porta do carro. Páscoa: dois quilos a mais. Agosto: toda a sorte de azares. Outubro: fui demitido. Natal: tirei meu cunhado no amigo secreto.

Dois mil e dois. Janeiro, fevereiro, março e abril: falta de dinheiro. Maio: falta de dinheiro seguido de divórcio. Junho: falta de dinheiro, apendicite e problemas com o plano de saúde.

Julho, agosto e setembro: falta de dinheiro e vara de família. (Perdi a ação movida pela minha ex-mulher e continuo deprimido e sem dinheiro.) Evitarei comentar os engarrafamentos, a alta do dólar, os aterradores índices de violência e a desigualdade social com o intuito de me ater à sua perseguição particular em relação a mim. A gota d'água, seu Destino, foi o reboco do banheiro que o senhor jogou na minha cabeça ontem, causando um alagamento que destruiu todos os meus móveis. Acho que não merecia tamanha desconsideração vinda de sua pessoa, e nem venha me pedir desculpas agora, pois dessa feita sua atitude foi totalmente indefensável. Enquanto não ficar provado que o meu destino tem sido fruto de algum problema operacional no seu sistema, continuarei me sentindo pessoalmente ofendido com seus atos. Gostaria ainda de dizer, em minha defesa, que não pedi para nascer e portanto não me coloquei ao seu dispor. Nunca lhe dei meu nome ou endereço. Jamais aceitei suas interferências em juízo ou fora dele. Não fui consultado a respeito das minhas preferências. Sequer escolhi o tom da minha voz, a cor dos meus olhos, meu manequim ou minha estatura. Compreendo que, seja por hábito, seja por ofício, o seu destino é justamente esse: meter-se nos destinos alheios. Talvez até não tenha sido escolha sua. Nem por isso vejo razão para me submeter às suas vontades. Aliás, esse seu poder absoluto e arbitrário, próprio de um tirano, não condiz com seu tão sonoro nome. Alguém chamado Destino, com tamanha influência no ciclo da vida, deveria ouvir as pessoas em vez de agir sempre por conta própria. Afinal, nós não vivemos numa democracia?

Certo de que contarei com sua atenção, subestimo-me atenciosamente,

José dos Santos Souza e Silva

Requerimento

Caro Senhor Tempo,

Espero que esta lhe encontre passando bem, ou melhor, passando o mais devagar possível.

Por aqui vai-se indo, como o Senhor quer e consente, meio rápido demais para o meu gosto, e quando vi já era dezembro.

Foi-se mais um ano.

E com ele se foi uma quantidade incalculável de amores, cores, idades, alguns amigos, não sei quantos neurônios, memórias, remorsos, desvarios, cabelos, ilusões, alegrias, tristezas, várias certezas (se não me engano, treze), algumas verdades indiscutíveis, umas calças que não fecham mais e aquele vestido de que eu gostava tanto.

Foi-se o meu gosto por vitrine.

Foi-se quase todo meu vidro de perfume.

Foi-se meu costume de imaginar asneiras à noite.

Foi-se meu forte instinto de acreditar no que me dizem.

Foi-se meu açucareiro de porcelana.

Que pena.

Foi-se o tempo em que uma simples farra não significava necessariamente uma condenação sumária do dia subsequente.

Foi-se a poupança.

O troquinho da gaveta.

Foi-se aquele antigo projeto.

Foram-se exatamente nove vírgula seis por cento de todas as minhas esperanças.

Será que o Senhor não cansa, seu Tempo?

Não pensa em tirar umas férias, dar uma pausa, respirar um pouco? Não lhe agrada a ideia de mudar o andamento? Diminuir o ritmo? Em vez de tique-taque, inventar uma palavra mais comprida para compasso, mantra, ícone, diagrama?

Me diz sinceramente: para que tanta pressa?

Anda difícil acompanhar seus passos ultimamente.

Não precisa dar meia-volta, eu não espero tanto. Eternidade? Não. Só queria sua amizade.

Mas já é dezembro.

Foi-se mais um ano.

E o Senhor passou voando, rebocou os meus momentos, foi desbotando minhas lembranças, carregou mais doze meses inteiros levando cada instante meu de carona.

Tentei voltar atrás em algumas decisões. Já era tarde.

Não deixei nada para amanhã. Mesmo assim, não fiz sequer metade do que pretendia. Imaginei várias maneiras de estancar os dias, segunda, terça, quarta, quando via já era quinta. Sexta. Sábado. Domingo. Pronto.

Pensei em fuga. Será que existe algum lugar deste mundo onde as horas não me encontrem? Fiquei meses trancada em casa. Foi inútil. Lá fora, o Senhor continua passando.

E já passou mais um pouquinho.

Calma, Tempo! Espera só um minutinho para eu explicar melhor meu ponto de vista.

Nem todo mundo é pedra, concorda? Dito isso, imagine então quantos pobres mortais sofrem da mesma agonia diária: giros e mais giros nos ponteiros, os cantos dos cucos, as denúncias das sombras, os grãos de areia escorrendo (parece até hemorragia crônica), tudo escapulindo, descendo, subindo, o frenesi dos dígitos, um, dois, três, quatro, cinco, cem, o Senhor vai tirar o pai da forca? Está fugindo de alguém? De quem? De mim? De ontem?

Eu conheço de cor suas obrigações.

Estou convencida de suas utilidades.

Não fosse o senhor, não existiria saudade, retrato, suvenir, antiguidade, história, época, período, calendário, outrora, passatempo, novidade, creme antirrugas, disputa por pênaltis, antepassado, descendente, dia, noite, nada, não existiria sabedoria, eu sei disso.

Não tome como queixas minhas palavras, por favor não tome.

Aqui vai apenas uma súplica.

Ah, se o senhor fosse mais indulgente, mais piedoso, mais pensativo, se fosse baiano, menos estressado, mais manso, menos rigoroso, um *bon vivant*, e se distraísse aí pelo caminho, e se deixasse apreciar as paisagens, e sofresse um devaneio, e ficasse de bobeira, esquecido das horas, divagando.

Escute aqui, seu Tempo, que tal deixar passar o resto e parar quieto um pouco?

Adriana Falcão

A escritora

Adriana Falcão nasceu no Rio de Janeiro, em 1960, mas passou boa parte de sua vida em Recife; onde se formou em arquitetura. Adriana nunca exerceu a profissão, mas com certeza usa suas habilidades arquitetônicas para criar as rocambolescas estruturas de suas histórias, sempre muito divertidas e influenciadas pelo folclore nordestino.

Ela é escritora premiada de livros para crianças, jovens e adultos. Mas também encanta o público com seu talento nos roteiros que cria para programas de TV (*A comédia da vida privada*; *A grande família*; *As brasileiras*; *Louco por elas*); para o cinema (*O auto da compadecida*; *A máquina*; *O ano em que meus pais saíram de férias*; *Fica comigo essa noite*; *Mulher invisível*; *Eu e o meu guarda-chuva*; *Se eu fosse você 1 e 2*) e também para o teatro (*A vida em rosa* e *Tarja preta*).

Todos os livros de Adriana Falcão estão sendo publicados pela Editora Salamandra.

Livros para crianças: *Mania de explicação*; *Mania de explicação: peça com seis atos, um prólogo e um epílogo*; *A tampa do céu*; *Sete histórias para contar*; *Valentina cabeça na lua*; e *A gaiola*.

Livros para jovens e adultos: *Luna Clara & Apolo Onze*; *A comédia dos anjos*; *Procura-se um amor*; *Pequeno dicionário de palavras ao vento*; *P.S. Beijei*; *A máquina*; e *O Doido da Garrafa*.